# 이방인

# 이방인

L'Étranger

**알베르 카뮈 장편소설  김예령 옮김**

**L'ÉTRANGER**
**by ALBERT CAMUS (1942)**

이 책은 실로 꿰매어 제본하는 정통적인 사철 방식으로 만들어졌습니다.
사철 방식으로 제본된 책은 오랫동안 보관해도 손상되지 않습니다.

# 미대학판 서문[*]

    오래전 나는 『이방인L'Étranger』을 이렇게 요약한 적이 있다. 〈우리 사회에서 자기 어머니의 장례식에 울지 않는 모든 사람은 사형 선고를 받을 위험이 있다.〉 이 말이 매우 역설적이라는 것은 나도 인정한다. 하지만 내가 하고 싶었던 말은 단지 이 책의 주인공은 술책을 부리려 하지 않았기 때문에 사형에 처해진다는 것이었다. 그런 의미에서 보면, 사회 속에서 변두리의 사적이고 고독하며 관능적인 삶을 살면서 그 가장자리를 떠도는 그는 그 사회의 이질적인 존재다. 그리고 그런 이유에서 독자들은 그를 일종의 표류자로 간주하고 싶어 했다. 그러나 과연 어떤 점에서 뫼르소가 술책을 부리지 않은 것인지

[*] 이 서문은 1958년 런던의 Methuen and Co.에서 발간한 영문판 『이방인』에 실렸다. 카뮈가 이 서문을 쓴 시기는 대략 1953년에서 1955년 사이, 다시 말해 그가 『반항의 인간L'homme révolté』의 여파로 논쟁에 휘말리면서 자신의 작품과 사상을 둘러싼 각종 오해와 왜곡, 비난에 대응해야 했던 무렵으로 추정된다.

자문해 본다면, 우리는 이 인물에 대해 보다 정확한, 혹은 적어도 작가의 의도에 한층 부합하는 견해를 가질 수 있을 것이다. 질문의 대답은 간단하다. 뫼르소는 거짓말하기를 거부한다. 거짓말을 한다는 것은 단지 사실이 아닌 것을 말하는 것만을 가리키지 않는다. 그것은 또한, 그리고 특히, 있는 것 이상을, 그리고 사람의 마음에 관하여 자신이 느끼는 것 이상을 말하는 것까지도 포함한다. 그런 것은 우리 모두가 매일같이 하는 일이다. 삶을 쉽게 만들기 위해서 말이다. 한편 뫼르소는, 그가 줄 수 있는 외적인 인상과 반대로, 삶을 그렇게 쉽게 살려 하지 않는다. 그는 그 자신 그대로를 말하고 자신이 느끼는 바를 과장하기를 거부한다. 그리고 그렇기 때문에 사회는 곧 그에 의해 위협당한다고 느낀다. 예컨대 사람들은 뫼르소가 관례적인 표현에 의거하여 자신의 범죄를 후회한다고 말하기를 요구하지만 그는 그 사실에 대해 진정 후회한다기보다는 차라리 지긋지긋함을 느낀다고 대답하는 식이다. 그리고 그런 미묘함은 그로 하여금 유죄 선고를 받도록 만든다.

따라서 나에게 뫼르소는 표류자가 아니라 가난하고, 벌거벗었으며, 한 점 그림자도 남기지 않는 태양을 사랑하는 사람이다. 그가 아무런 감수성도, 심오한 열정도 지니고 있지 않다고 하면 전혀 사실이 아니다. 말수가 적긴 하지만 절대와 진실에 대한 열정이 그를 움직이기 때문이다. 그것이 아직은 부정적인 형태의 진실, 다시 말해 존재하고 느끼는 것으로서의 진실이기는 하다. 하지만 그것이 없다면 자기와 세계에 대한 승리는 결코 가능하지 않을 것이다.

그러므로, 『이방인』을 아무런 영웅적 자세를 취하지 않으면서 진실을 위해 죽음을 받아들이는 한 사내의 이야기라고 읽는다면 과히 틀리지 않은 셈이다. 나는 전에 이 작중 인물을 통해 우리에게 어울리는 유일한 그리스도의 모습을 형상화하려 했다는, 역시나 역설적인 말도 한 적이 있다. 지금 나의 설명을 듣고 난 독자라면 그 말이 결코 신성 모독의 의도에서 나온 게 아니라 다만 한 예술가가 자신이 창조한 인물들에 대해 응당 가질 수 있는 약간의 아이러니 섞인 애정에서 비롯된 것임을 이해하리라.

A. C.

제1부

# 1

오늘, 엄마가 죽었다. 아니, 어쩌면 어제였을까. 모르겠다. 양로원으로부터 전보를 받았다. 〈모친 사망. 내일 장례 예정. 삼가 애도함.〉 이걸론 알 수 없다. 아마 어제였겠지.

양로원은 알제에서 80여 킬로미터 떨어진 마랑고에 있다. 2시에 버스를 타면 오후 안에 그곳에 도착할 것이다. 그러면 거기서 밤샘을 하고 다음 날 저녁 무렵 집에 돌아오면 된다. 사장에게 이틀간 휴가를 달라고 했다. 이런 종류의 사유를 두고 안 된다 할 순 없었겠지만, 사장은 그리 내키지 않는다는 표정이었다. 그래서 나는 〈제 탓은 아닙니다〉라는 말까지 했다. 사장은 아무 대꾸도 하지 않았다. 괜히 그 말을 했나 보다는 생각이 들었다. 어쨌든, 내가 사과를 할 필요는 없는 일이었다. 오히려 사장이 내게 조의를 표했어야 옳다. 하긴, 모레 내가 상복을 입고 있는 걸 보면 그도 그렇게 하겠지. 지금으로

선, 어느 정도는 엄마가 죽지 않은 것과 같다. 하지만 장례가 끝나고 나면, 그땐 반대로 일은 다 처리된 셈이 될 테고, 그러면 모든 게 보다 공식적인 면모를 띨 것이다.

2시에 버스를 탔다. 날이 무척 더웠다. 점심은 평소처럼 셀레스트네 식당에서 먹었다. 다들 내 일을 놓고 매우 애석해했다. 셀레스트는 내게 〈어머니는 딱 하나뿐인데 말이야〉라는 말을 했다. 내가 자리에서 일어서자 모두들 나를 문 앞까지 따라 나왔다. 에마뉘엘에게 들러 검은 넥타이와 상장을 빌리기도 해야 했는데, 정신이 약간 멍해 깜박할 뻔했다. 에마뉘엘은 넉 달 전에 삼촌을 여의었다.

버스 출발 시간을 놓치지 않기 위해선 뛰어야 했다. 급히 서둘렀기 때문에, 막 뛰었기 때문에, 아니, 어쩌면 그 모든 것에 버스의 덜컹거림, 휘발유 냄새, 도로와 하늘의 반사광까지 겹쳐진 탓인지, 그만 잠이 들고 말았다. 나는 버스가 달리는 내내 잤다. 눈을 뜨고 보니 옆자리 군인에게 몸을 기댄 채였다. 그가 미소를 지으며 멀리까지 가느냐고 물었다. 나는 더 길게 말하지 않기 위해 그냥 〈예〉라고만 대답했다.

양로원은 마을에서 2킬로미터 떨어진 곳에 있었다. 나는 거기까지 걸어서 갔다. 곧바로 엄마를 보고 싶었지만, 수위 말로는 우선 원장을 만나야 한다고 했다. 원장이 다른 일을 하는 중이라 나는 약간 기다렸다. 그사이 수위가 이런저런 이야기를 늘어놓았다. 이윽고, 원장을 만

날 차례가 되었다. 그는 원장실에서 나를 맞았다. 레지옹 도뇌르 훈장을 단 키 작은 노인이 맑은 눈동자로 나를 바라보았다. 그리고 손을 내밀어 악수를 청했다. 그가 내 손을 퍽 오랫동안 쥐고 있는 바람에 나는 손을 빼야 할지 말아야 할지 판단이 잘 서지 않았다. 원장은 엄마의 기록부를 검토하더니 이렇게 말했다. 「어머님은 3년 전에 이곳에 들어오셨군요. 그리고 뫼르소 씨는 그분의 유일한 부양인이었고요.」 나는 그가 내게 무언가를 탓한다는 생각이 들어 설명을 하려고 했다. 그러나 원장은 내 말을 끊었다. 「변명하지 않아도 됩니다. 어머님의 기록을 읽어 보니, 뫼르소 씨는 어머니를 부양할 수 없는 형편입니다. 그분에겐 간병인이 필요했는데, 그러기엔 아드님의 수입이 넉넉지 않군요. 그리고 이러저러한 것을 모두 감안했을 때, 어머님에겐 여기 계신 편이 더 좋았을 것입니다.」 나는 〈그렇습니다, 원장님〉이라고 대답했다. 원장이 덧붙였다. 「어머님에겐 또래의 친구도 몇 명 있었습니다. 그 친구분들과 옛 시절의 관심사도 함께 나누실 수 있었지요. 뫼르소 씨는 젊으니, 아드님과 단둘이서만 살았다면 어머님이 좀 적적하셨을 겁니다.」

그건 맞는 말이었다. 엄마는 나와 한집에 살던 때는 그저 아무 말 없이 눈으로 내 일거수일투족을 뒤좇는 걸로 시간을 보내곤 했다. 이후 양로원에 도착했을 때 처음 며칠간 엄마는 종종 울기도 했지만, 그건 어디까지나 그동안 몸에 밴 습관 때문이었다. 몇 달이 지나고 난 후 만약 누군가 엄마를 양로원에서 퇴원시켰다 한다면, 그땐 데리고 나갔다 해서 울었으리라. 역시, 습관 때문에. 내가 마지막 해에 양로원에 거의 들르지 않은 것은 어느 정도 그런 이유에서였다. 또 다른 이유로는, 그렇게 양로원에 가다 보면 내 일요일이 전부 그 일에 소요되고 만다는 것도 있었다. 버스를 타기 위해 표를 사고, 이후 2시간을 찻길에서 보내는 수고는 셈에 넣지 않는다 해도 말이다.

원장이 또다시 무슨 말인가를 했다. 그러나 나는 그의 말에 거의 귀를 기울이고 있지 않았다. 그의 말이 들려온 건 잠시 후였다. 「어머니를 뵙고 싶겠지요.」 나는 아무 말도 않고 자리에서 일어났다. 원장이 앞장서서 문을 향했다. 층계참에서 그가 설명을 덧붙였다. 「어머님을 따로 작은 빈소에 모셔 놓았습니다. 다른 노인들에게 충격을 주지 않기 위한 조처지요. 재원자 중 누군가가 죽을 때마다 다른 노인들이 이삼일가량은 신경이 예민해지는데, 그러면 원을 운영하기가 힘들어집니다.」 우리는 뒤뜰을 가로질렀다. 뜰에는 많은 수의 노인들이 삼삼오오 모여 떠들고 있었다. 그러나 우리가 나타나자 그들은 일제히 입을 다물었다. 우리가 노인들을 지나치고 나서야 비로소 그들의 대화는 다시 시작되었다. 마치 귀가 떠나갈 듯 재잘대는 앵무새들의 소리를 듣는 것 같았다. 작은 건물의 입구에 이르자, 원장은 나를 혼자 남겨 두고 가며 말했다. 「여기서 헤어지도록 하지요. 필요한 일이 생기면 언제든 제 방에 들르세요. 매장은 원칙적으로 아침 10시에 치러집니다. 그래야 오늘 저녁 뢰르소 씨가 고인을 위해 밤샘을 할 수 있을 테니까요. 마지막으로 한마디 하자면, 어머님께서는 자주 친구들에게 장례를 종교 의식으로 치르고 싶다고 하셨던 모양입니다. 내가 직접 맡아서 필요한 절차를 준비해 두긴 했지만, 그래도 그 사실을 알려는 주어야 할 것 같아서…….」 나는 원장에게 고맙다는 인사를 했다. 엄마는, 무신론자는 아니었지만, 생전에 종교에 대해 생각한 적은 한 번도 없었다.

나는 빈소로 들어섰다. 벽에 하얗게 석회를 바르고 대형 유리창을 설치한 아주 밝은 방이었다. 몇 개의 의자들과 엑스 자 모양의 받침대들이 여기저기 놓여 있었다. 관은 뚜껑이 덮인 채 중앙에 놓인 두 개의 받침대 위에 올려져 있었다. 박다 만 듯한 못들이 호두 기름을 바른 널판 위에서 반짝거리는 것만 두드러지게 눈에 띄었다. 관 가까이에, 흰색 작업복을 입고 머리에 강렬한 색깔의 스카프를 두른 아랍인 간호사 한 명이 있었다.

그때 등 뒤로 수위가 들어섰다. 빈소까지 뛰어온 것이 틀림없었다. 그가 약간 더듬거리며 말을 걸었다. 「관 뚜껑을 벌써 덮긴 했지만, 못을 다시 빼드릴게요. 그래야 어머니 얼굴을 뵐 테니까요.」 그가 관에 다가서려 할 때 나는 그를 말렸다. 그가 물었다. 「그러고 싶지 않으세요?」

**17**

나는 〈네〉라고 대답했다. 그가 하려던 동작을 멈추자 나는 약간 거북해졌다. 그 말을 하지 않았어야 했다는 생각이 들어서였다. 그는 잠깐 내 얼굴을 바라보더니 〈어째서요?〉라고 물었다. 그러나 그의 말투에는, 그저 물어보려는 것뿐이라는 듯, 비난의 기색은 담겨 있지 않았다. 〈저도 잘 모르겠습니다〉라고 나는 대답했다. 그러자 그는 내 얼굴을 쳐다보지 않은 채 손가락으로 자신의 흰 콧수염을 꼬며 대답했다. 「이해합니다.」 그는 밝은 푸른빛의 아름다운 눈을 가지고 있었고, 안색은 약간 붉었다. 그는 내게 의자 하나를 권한 후 자신도 나보다 약간 뒤쪽에 자리 잡고 앉았다. 간호사는 자리에서 일어나 문쪽으로 걸어갔다. 그 순간, 수위가 내게 이렇게 말했다. 「저 여자가 종양이 있어서 저래요.」 나는 그게 무슨 말인지 이해되지 않아 간호사를 쳐다보았다. 그제야 그녀가 눈 밑에서부터 머리 전체를 빙 둘러 붕대를 감고 있는 것이 눈에 들어왔다. 코가 있어야 할 자리에 평평하게 붕대가 감겨 있었다. 그녀 얼굴 온통 하얀 붕대만이 보일 뿐이었다.

그녀가 나가자 수위가 이렇게 말했다. 「이만 나가 보겠습니다.」 그 말에 내가 무슨 몸짓을 했는지 모르겠으나, 수위는 자리에서 일어선 채 여전히 내 뒤에 남아 있었다. 그가 내 등 뒤에 있다는 사실이 거북했다. 실내는 오후가 끝날 무렵의 아름다운 빛으로 가득했다. 유리창가에서 두 마리의 말벌이 붕붕거렸다. 서서히 졸음이 밀려 왔다. 나는 고개를 돌리지 않은 채 수위에게 물었다. 「여기 오신 지 오래되었어요?」 그가 제꺽 대답했다. 「5년 됐어요.」 마치 아주 오래전부터 내가 그 질문을 하기만을 기다려 온 사람 같았다.

그러고 나서 그는 잔뜩 수다를 늘어놓았다. 이런 마랑 고의 양로원 수위로 인생을 끝마치게 될 줄 누가 알았겠 나, 나이 예순넷에 원래 파리가 고향인데……. 그때 나는 그의 말을 잘랐다. 「아, 그럼 여기가 고향이 아니셨군 요?」 그런 후에야 비로소 나는 그가 나를 원장실로 안내 하기 앞서 엄마에 관해 했던 말을 떠올렸다. 그는 장례를 서둘러야 한다고, 왜냐하면 이 나라에서 들판이란 특히 나 덥기 때문이라고 했다. 그러면서 말끝에 자신이 예전 에 파리에 살았으며 그 시절을 잊기 힘들다고 했다. 파리 에선 때로 망인을 사나흘씩 곁에 둬도 괜찮잖아요, 그런 데 이곳에선 그럴 시간이 없지, 미처 무슨 생각을 하기도 전에 이미 장의차 뒤를 쫓아 뛰어가고 있어야 하는 판국 이니……. 그때 그의 아내가 이렇게 말했지. 「그만해요. 그게 지금 이 양반한테 할 말이람.」 그러자 노인은 얼굴 을 붉히며 사과했다. 나는 둘 사이에 끼어들어 〈천만에 요, 괜찮습니다〉 하고 거들었다. 맞는 말씀이고 또 흥미 로운 얘기라 생각됩니다.

그 작은 빈소에서 나는 그가 원래 극빈자의 신분으로

이 양로원에 들어왔다는 사실을 알게 되었다. 그래도 아직은 성한 몸이니 수위 일을 하겠다 자청했다고. 나는 그에게, 어쨌든 그가 재원자(在院者) 중 하나인 건 맞지 않느냐고 했다. 그는 아니라고 했다. 나는 이미 그가 양로원의 재원자들을 두고 〈그 사람들〉이나 〈딴 사람들〉, 또 보다 드물게는 〈노인들〉이라고 말하는 데에 놀란 바 있다. 그들 중 어떤 이는 그보다 더 나이가 많은 것도 아닌데 말이다. 하긴, 그들이 서로 같지 않다는 것이 당연하긴 하다. 그는 수위니까, 보기에 따라서는 그가 재원자들에 대해 그럴 권리가 있는 것이다.

그때 간호사가 다시 들어왔다. 날이 급작스럽게 저물었다. 유리창 너머로 어둠이 아주 빠른 속도로 짙어졌다. 수위가 전등 스위치를 돌렸다. 갑작스레 퍼지는 빛 때문에 나는 순간적으로 눈이 먼 듯한 느낌이었다. 수위가 저녁 먹으러 식당으로 가자고 했다. 하지만 나는 배고프지 않았다. 그러자 그는 밀크 커피를 한잔 가져다주겠다고 했다. 나는 밀크 커피를 무척 좋아하기 때문에 그의 제안을 받아들였다. 잠시 후 수위가 쟁반을 들고 다시 나타났다. 커피를 마셨다. 커피를 마시고 나니 담배 생각이 났지만, 엄마 앞에서 그래도 되는지 알 수 없어 망설여졌다. 잠시 생각해 보았다. 결국, 그게 뭐가 중요하랴 싶었다. 나는 수위에게 담배 한 대를 건넸다. 우리는 함께 담배를 피웠다.

잠시 후, 그는 내게 이렇게 말했다. 「곧 어머님 친구분들도 같이 밤샘하러 올 겁니다. 늘 그렇게들 하지요. 그러려면 난 이만 나가서 의자와 블랙커피를 가져와야 합니다.」 나는 그에게 램프들 중 하나를 꺼도 되느냐고 물었다. 흰 벽에 반사되는 빛 때문에 줄곧 피곤했다. 수위는 그럴 순 없다고 대답했다. 조명이 애초부터 한꺼번에 켜지거나 꺼지도록 설치되어 있다는 것이었다. 그러고 난 후엔 나는 그에게 더 이상 크게 주의를 기울이지 않았다. 수위는 나갔다 되돌아와서 의자들을 늘어놓았다. 그리고 의자들 중 하나에 커피 주전자를 올리고 그 둘레에 커피 잔을 쌓아 놓은 후, 엄마 건너편으로 가서 나를 마주 보고 앉았다. 간호사도 등을 돌린 채 여전히 방 한구석에 남아 있었다. 그녀가 무엇을 하고 있는지 잘 보이지 않았지만, 팔을 움직이는 모양새로 보아 뜨개질을 하는 것 같았다. 방 안은 포근했고 커피는 내 몸을 덥혀 주었다. 그리고 열린 문 새로 밤의 내음과 꽃향기가 스며들어 왔다. 나는 약간 졸았던 듯하다.

무언가가 스치는 통에 나는 잠에서 깨어났다. 눈을 감고 있었던 탓인지 실내가 전보다 한층 더 하얗게 작열하는 것 같았다. 내 앞에 그림자라곤 없었다. 물건들이, 모서리들이, 그리고 모든 곡선들이 눈을 찌를 듯 선명하게 윤곽을 드러냈다. 엄마의 친구들이 들어온 건 그때였다. 다 합해서 열 명 남짓 되는 노인들이, 소리 없이 그 눈이

멀 듯한 광선 속으로 미끄러져 들어왔다. 그들은 삐걱거리는 소리조차 내지 않고 의자에 앉았다. 나는 난생처음 사람을 보는 듯한 기분으로 그들을 바라보았다. 노인들의 얼굴이나 옷차림의 세부적인 특징들은 낱낱이 시선에 포착되는 데 반해 기척은 전혀 들리지 않아, 나는 그들에게서 거의 현실감을 느낄 수 없었다. 대부분의 여자들이 앞치마를 두르고 허리춤에 끈을 꽉 졸라매고 있어 안 그래도 불룩한 배가 한층 더 튀어나와 보였다. 나이 든 여자들의 배가 대체 어느 정도까지 나올 수 있는지를 나는 그제야 비로소 눈여겨보았다. 남자들은 거의 하나같이 바싹 마른 몸집에 지팡이를 쥐고 있었다. 그들의 얼굴에서 내 주의를 끈 점은, 눈은 간데없고 대신 주름이 자글자글한 구멍 한가운데에 흐릿한 빛만이 보인다는 사실이었다. 그들 대부분이 자리에 앉은 후엔 나를 쳐다보며 불편한 동작으로 고개를 주억거렸다. 모두들 입술이 이 빠진 입 속으로 말려 들어가 있어서, 나는 그들이 내게 인사를 하는 것인지 아니면 그저 안면의 근육이 경련하는 것인지 알 수 없었다. 지금 와 생각해 보면 내게 인사를 한 것이라 보는 쪽이 더 맞으리라. 그리고 그 순간 나는 노인들이 모두 내 맞은편 수위 근처에 앉아 고개를 가볍게 끄덕거리고 있다는 사실을 깨달았다. 일순 나는 그들이 나를 심판하기 위해 거기 있다는 터무니없는 느낌이 들었다.

잠시 후, 여자들 중 한 명이 울기 시작했다. 두 번째 줄에 앉아 있던 여자였으나, 그녀의 친구에 가려져 내겐 얼굴이 잘 보이지 않았다. 여자는 규칙적으로 조그맣게 훌쩍거리며 울었다. 그녀는 결단코 울음을 멈추지 않을 것만 같았다. 다른 사람들은 그녀의 울음소리가 들리지 않는 듯한 표정을 하고 있었다. 그들은 힘없고, 침울하고, 말이 없었다. 그리고 관이나 자기들의 지팡이, 또는 그저 아무거나 바라보았다. 단지 그런 것들만을 바라보았다. 여자는 여전히 울고 있었다. 내가 알지 못하는 여자였기에 그 사실은 내게 커다란 놀라움을 주었다. 그 여자의 울음소리를 듣지 않을 수 있다면 좋겠다는 생각이 들었지만, 감히 그녀에게 그런 말을 할 수는 없었다. 수위가 노파 쪽으로 몸을 기울이고 말을 걸었으나 그녀는 고개를 저었다. 그리고 더듬거리며 뭐라고 중얼거린 후 다시 이전처럼 규칙적으로 훌쩍거리기 시작했다. 수위가 내 쪽으로 다가와 앉았다. 그는 꽤 오랫동안 뜸을 들이더니 시선을 다른 데로 돌린 채 설명을 하기 시작했다. 「저분은 어머님과 매우 친한 사이였죠. 어머님이 이곳에서 유일한 친구였는데 이제 자기에겐 아무도 없다는군요.」

우리는 오랫동안 그러고 있었다. 노파의 탄식과 흐느낌이 차츰 잦아들었다. 그녀는 코를 심하게 훌쩍거리다 마침내 울음을 그쳤다. 나는 더 이상 졸리지는 않았지만, 피곤하고 허리도 아팠다. 이제 나를 괴롭히는 건 그 자리에 모인 사람들의 침묵이었다. 다만, 어디선가 가끔씩 기묘한 소리가 들려왔다. 나는 그게 무슨 소리인지 당최 감을 잡지 못하다 결국 눈치를 챘다. 노인들 중 몇몇이 자기 뺨 안쪽 살을 입으로 빨아들이곤 하는 바람에 그 이상한 츳츳 소리가 새어 나오는 것이었다. 그러나 그들은 그 소리를 듣지도 못할 정도로 자기들 생각에 골몰해 있었다. 심지어 그들 한가운데 누워 있는 이 망인이 그들에겐 아무런 의미도 없는 게 아닌가 하는 생각이 들 정도였다. 물론, 지금의 나는 그때 내 인상이 틀린 것이었다고 믿는다.

우리는 다 같이 수위가 따라 주는 커피를 마셨다. 이후의 일은 더 이상 모르겠다. 아무튼 밤은 지나갔다. 기억나는 일은, 어느 순간 내가 눈을 떠보니 노인들이 서로 쭈그리고 기댄 채 자고 있었다는 것이다. 그들 중 단 한 명만이 유일하게 자지 않고 남아서 지팡이를 짚은 손등에 턱을 괸 채, 마치 내가 눈을 뜨기만을 기다렸다는 듯 나를 뚫어져라 바라보고 있었다. 나는 또다시 잠이 들었다. 그다음에 내가 다시 잠에서 깨어난 것은 허리가 점점 더 아파 왔기 때문이다. 유리창으로 햇살이 스며들었다. 얼마 지나지 않아 노인들 중 하나가 잠에서 깨어 심하게 기침을 했다. 그는 바둑무늬가 그려진 커다란 손수건에 가래를 뱉었다. 그는 가래를 뱉을 때마다 마치 속에서 뭔가를 뽑아내기라도 할 듯한 소리를 냈고, 그 소리에 다른 이들도 덩달아 잠이 깨었다. 수위는 그들에게 이제 빈소를 뜰 시간이라고 말했다. 노인들은 자리에서 일어났다. 그토록 불편하게 밤샘을 한 뒤라 얼굴들이 잿빛이었다. 대단히 놀랍게도, 그들은 자리를 뜨면서 일일이 나와 악수를 했다. 서로 말 한마디 나누지 않은 지난밤이 우리의 친밀함을 증대시키기라도 한 듯했다.

피곤했다. 수위가 나를 자기 집으로 데리고 가주어 거기서 대충 세수를 할 수 있었다. 그런 후 나는 다시 밀크커피를 마셨다. 커피는 아주 맛있었다. 내가 밖으로 나왔을 때는 날이 완전히 밝은 후였다. 마랑고와 바다를 가르는 언덕 너머 하늘은 온통 붉은 기운으로 가득했다. 언덕을 타고 불어오는 바람결에 실려 소금 냄새가 나 있는 곳까지 번져 왔다. 아름다운 하루가 시작되려는 참이었다. 시골에 가본 지 퍽 오래된 나로서는, 이런 날 산책을 나갈 수 있다면 얼마나 좋았을까 하는 생각이 절로 들었다. 엄마 일만 아니었더라면 말이다.

그 대신 나는 뒤뜰 플라타너스 아래에서 사람들을 기다렸다. 신선한 흙냄새가 풍겨 왔고, 더 이상 졸리지도 않았다. 사무실 동료들 생각이 났다. 지금쯤 그들은 출근 준비를 위해 잠자리에서 일어났을 것이다. 이 무렵이 내게는 언제나 가장 힘든 시간대였다. 나는 또 다른 일들에 대해서도 잠깐 생각했지만 건물 안쪽에서 종이 울리는 바람에 이내 주의를 놓치고 말았다. 창 안쪽에서 시끄러운 소리가 나는가 싶다가 곧 모든 것이 조용해졌다. 이제 해는 하늘을 향해 약간 더 솟아올랐다. 그 기운에 내 발도 점차 뜨거워지기 시작했다. 수위가 뜰을 건너오더니 원장이 나를 찾는다고 전했다. 원장실로 갔다. 원장은 내게 몇 장의 서류에 서명을 하게 했다. 그가 줄무늬 바지에 검은 복장을 하고 있는 것이 눈에 띄었다. 원장은 전화를 받더니 나를 불렀다. 「좀 전부터 장의사 일꾼들이 와 있답니다. 이제 그 사람들에게 관 뚜껑을 봉하라고 지시하려는데, 그 전에 마지막으로 어머님 얼굴을 보시겠습니까?」 나는 아니라고 했다. 그는 수화기에 대고 낮은 목소리로 지시를 내렸다. 「피작, 사람들한테 이제 출발하라고 하게.」

그런 다음, 원장은 자신도 장례식에 참석할 거라고 밝혔다. 나는 그에게 고맙다고 했다. 원장은 책상 앞에 앉아 짧은 다리를 꼬더니 장례식에 참석할 사람은 나와 자기 단둘에, 당직 간호사라는 사실을 알려 주었다. 원칙적으로 재원자들은 장례식에 참석할 수 없다, 단지 밤샘만 허용하는데 〈이것은 인도주의적 관점에 따른 겁니다〉라고 그는 강조했다. 하지만 이번 경우엔 엄마의 오랜 친구 한 사람에게 운구 행렬을 뒤따를 수 있도록 특별히 허가를 내주게 되었다고 했다. 「토마 페레라는 재원자이지요.」 이 대목에서 원장은 미소를 지으며 말했다. 「이해하시겠죠. 이건 약간 애들 같은 감정이긴 하지만, 그분과 어머님은 거의 늘 함께 있다시피 했습니다. 양로원에선 두 사람을 두고 농담을 하곤 했어요. 사람들이 페레한테 〈자네 약혼녀로구먼〉 하고 말하면 그 양반이 웃었지요. 두 분 다 그걸 재미있어 했어요. 뫼르소 부인의 죽음이 페레 씨에게 큰 영향을 끼친 터라, 나로선 그분한테 장례에 참석하면 안 된다고 할 수가 없더군요. 다만, 왕진의의 충고에 따라 어제 밤샘에는 참석하지 못하도록 조처했습니다.」

우리는 꽤 오랫동안 아무 말도 하지 않았다. 원장이 자리에서 일어나 창밖을 바라보았다. 그러더니 〈저기 벌써 마랑고의 신부님이 오시는군요. 일찍들 도착했네〉 하고 말했다. 그는 마을에 있는 교회까지 가려면 걸어서 족히 45분은 가야 할 것이라고 미리 귀띔해 주었다. 우리는 아래로 내려갔다. 건물 앞에 신부와 두 명의 성가대 아이들이 와 있었다. 아이들 중 하나는 향로를 들고 있었는데, 신부는 몸을 숙여 그 아이 몸집에 맞게 은사슬 줄의 길이를 조절해 주는 중이었다. 우리가 다가가자 신부는 몸을 다시 일으켰다. 그는 나를 〈나의 아들〉이라 부르며 몇 마디 말을 건넨 후 건물 안으로 들어갔다. 나는 그의 뒤를 따랐다.

나는 이제, 관에 못들이 완전히 박힌 것과 방 안에 검은 옷차림의 네 남자가 있다는 것을 단박에 알아보았다. 동시에 원장이 나를 향해 마차가 바깥 찻길에서 기다리고 있다고 말하는 소리, 그와 함께 신부가 개시하는 기도 소리가 귓전에 들려왔다. 그다음부터는 모든 것이 아주 빨리 진행되었다. 사내들이 덮개를 들고 관을 향해 다가 갔다. 신부와 그를 따라온 아이들, 원장과 나는 바깥으로 나왔다. 문 앞에 내가 모르는 여자가 서 있었다. 원장이 말했다. 「이쪽은 뫼르소 씨입니다.」 나는 그 여자의 이름을 잘 알아듣지 못했다. 그저 그녀가 대표로 온 간호사라는 말만 알아들었다. 간호사는 웃음기 없는 앙상하고 긴 얼굴을 숙여 목례를 했다. 그런 후 우리는 운구 행렬이 지나갈 수 있도록 줄지어 섰다. 그리고 관을 든 사람들을 따라 양로원 바깥으로 나왔다. 문 앞에 운구용 마차가 대기하고 있었다. 광택을 낸 반짝거리는 장방형의 차는 펜 통을 연상시켰다. 한편 운구차 옆에는 우스꽝스러운 복장을 한 키 작은 장례 총괄 담당, 그리고 꿔다 놓은 듯 어색한 태도를 하고 있는 웬 노인이 보였다. 나는 그가 페레 씨임을 알아차렸다. 페레는 위가 둥글납작하고 챙이 넓은 무른 펠트 모자를 쓰고 있었으며(그는 관이 문을 통과할 때 그 모자를 벗었다), 양복의 바짓단은 구두 등에 닿아 쭈글거렸고, 검은 천으로 만든 나비넥타이는 와이셔츠의 커다란 흰 깃에 비해 지나치게 작았다. 모공에 검은 점이 잔뜩 박힌 코 밑에서 그의 입술이 바들바들 떨리고 있었다. 가는 흰머리 아래로 보이는 귀는 신기하게도 가장자리가 접히다 만 채 늘어진 모양새인 데다 창백한 얼굴과 달리 붉은 핏빛을 띠고 있어 내게 적잖은 인상을 남겼다. 장례 총괄 담당이 우리의 자리를 정해 주었다. 신부가 앞장서고 그 뒤를 운구차가 따랐다. 운구차 옆에는 네 명의 일꾼들이 둘러섰다. 그 뒤로 원장과 나, 이어 행렬의 맨 끝에 간호사와 페레 씨가 자리 잡았다.

해는 이미 중천에 떠 있었다. 햇볕이 땅을 향해 내리쬐기 시작하면서 열기가 빠른 속도로 달아올랐다. 어째서 행렬이 출발하기 전에 그처럼 꽤 오랜 시간을 뜸 들였는지, 나는 지금도 이유를 잘 모르겠다. 나는 검은 옷이 더웠다. 모자를 다시 썼던 키 작은 노인은 재차 그것을 벗었다. 나는 몸을 약간 돌려 그를 바라보았다. 그때 원장이 노인에 관한 이야기를 들려주었다. 그에 의하면, 엄마와 페레 씨는 저녁때면 간호사 한 명을 대동하고 마을까지 산책을 나가곤 했다 한다. 나는 주변의 시골 풍경을 둘러보았다. 하늘 언저리 언덕에까지 줄지어 심긴 실편백들, 적갈색과 녹색을 띤 대지, 드문드문 선명하게 윤곽을 드러내는 집들을 통해 나는 엄마를 이해했다. 이 고장에서 저녁이란 마치 애수 어린 휴식 시간과도 같았을 게다. 오늘, 끓어넘칠 듯 이글거리는 태양으로 인해 일렁이는 풍경은 비인간적이고도 위압적이었다.

우리는 걷기 시작했다. 그제야 나는 페레가 다리를 약간 전다는 것을 알았다. 차가 차츰차츰 속력을 내자 노인은 열에서 처지기 시작했다. 운구차 주변에 섰던 일꾼들 중 하나도 뒤처지기 시작하더니 이제는 나와 같은 열에서 걷고 있었다. 해가 하늘로 솟아오르는 속도는 놀라울 정도였다. 나는 시골 들판이 벌레들이 붕붕대는 소리와 풀들이 타닥거리는 소리로 가득한 지 이미 오래라는 것을 깨달았다. 땀줄기가 뺨을 타고 흘러내렸다. 나는 모자를 쓰고 있지 않았으므로 손수건으로 부채질을 했다. 그러자 장의사 일꾼이 뭐라는지 잘 들리지 않는 소리로 내게 말을 걸면서, 오른손으로 쓰고 있던 챙 모자의 끝을 들어 올리고 왼손에 쥔 손수건으로 이마의 땀을 닦았다. 나는 그에게 물었다. 「뭐라고요?」 그러자 그는 하늘을 가리키며 한 번 더 말했다. 「정말 쨍쨍하게 내리쬔다고요.」 나는 〈네〉라고 대답했다. 잠시 후 그가 다시 물었다. 「돌아가신 분이 어머니세요?」 나는 또다시 〈네〉라고 말했다. 「연세가 많으셨나요?」 엄마 나이를 정확히 몰랐기 때문에, 나는 〈그럭저럭요〉라고 대답했다. 이내 그는 입을 다물었다. 나는 고개를 돌렸다. 페레가 우리 뒤로 50여 미터나 처져 있는 것이 보였다. 그는 손에 든 모자를 휘저으며 허둥거렸다. 나는 원장 쪽도 바라보았다. 그는 일체의 불필요한 동작이라곤 하지 않은 채 위엄 있게 걷고 있었다. 이마 위로 몇 방울의 땀이 송송 맺혔지만 그는 그것을 닦아 내지 않았다.

장례 행렬이 이전보다 좀 더 속력을 내는 듯했다. 주변엔 여전히 해가 쏟아지는 빛나는 들판뿐이었다. 하늘의 번쩍거리는 반사광이 이제는 참을 수 없을 지경이었다. 잠시 후 우리 일행은 최근에 새로 깐 도로의 일부를 지나가야 했다. 아스팔트는 햇볕을 받아 터져 나갈 듯 번쩍였다. 사람들의 발자국이 푹푹 박혀 들면서 아스팔트는 번들거리는 죽처럼 뭉개졌다. 운구차 위로 보이는 마부의 모자마저도 가죽이 곤죽이 되다시피 하여 마치 이 검은 진창 속에 한데 넣고 짓이겨 놓은 듯한 꼴을 하고 있었다. 나는 푸르고 하얗게 빛나는 하늘과 이 모든 색깔들의 단조로움, 그러니까 녹아 문드러지는 아스팔트의 번들거리는 검은색, 사람들이 걸친 옷의 생기 없는 검은색, 그리고 래커 칠을 한 마차의 윤나는 검은색으로 인해 약간은 정신이 나간 상태였다. 태양, 운구차에서 나는 가죽과 말똥 냄새, 래커와 향 냄새, 불면의 밤이 주는 피로, 이 모든 것이 내 시선과 생각을 어지럽혔다. 나는 한 번 더 뒤를 돌아보았다. 페레가 저 멀리 열기의 구름 속에서 헤매고 있는 것처럼 보였다. 이윽고 그의 모습은 더 이상 볼 수 없게 되었다. 나는 두리번거리며 페레가 어디 있는지 찾아보았다. 도로에서 빠져나와 들판을 가로질러 가는 그가 보였다. 그와 동시에 나는 길이 내 앞에서 꺾어지는 것을 확인했다. 그제야 나는 이 고장을 잘 알고 있는 페레가 우리를 따라잡기 위해 지름길을 택했다는 것을 깨달았다. 그는 길이 선회하는 모퉁이에 이르러 마침

내 우리와 합류했으나, 이내 또다시 일행과 떨어지고 말았다. 그러자 그는 다시 벌판을 가로질렀다. 페레는 그러기를 수차례 반복했다. 나는 피가 관자놀이를 때리는 것 같았다.

그다음의 모든 절차는 하도 급하고 확실하고 자연스럽게 이루어졌기 때문에 더 이상 기억에 남아 있지 않다. 단 하나 생각나는 일이 있다면, 마을 입구에 다다랐을 때 대표로 온 간호사가 내게 말을 걸었다는 사실이다. 그녀는 자기 얼굴과 어울리지 않는 기묘한 목소리를 지니고 있었다. 노래 부르듯 떨리는 억양의 음성이었다. 그녀는 내게 〈천천히 걷다 보면 일사병에 걸릴 위험이 있어요. 하지만 또 그렇다고 지나치게 빨리 걸으면 땀을 많이 흘리게 되고, 그러면 교회당에서 오한이 나게 되지요〉라고 말했다. 맞는 말이었다. 해결책은 없는 거였다. 그날 본 광경 중 몇몇은 아직도 기억에 남아 있다. 예를 들자면, 마을 근처에서 마지막으로 우리를 따라잡았을 때의 페레의 얼굴. 그의 두 뺨 위에는 흥분과 고통이 자아낸 굵은 눈물 줄기가 흥건했다. 그러나 주름으로 인해, 눈물은 흘러내리는 대신 번지고 뭉쳐 그 엉망이 된 얼굴에 일종의 물의 유약을 씌워 놓았지. 또 있다. 교회당, 보도 위의 마을 사람들, 공동묘지의 묘석들 위에 장식된 붉은 제라늄, 페레의 기절(그때 그는 팔다리가 빠진 꼭두각시 인형 같았다), 엄마의 관 위에 덮이는 핏빛 흙더미, 거기 섞여

드는 풀뿌리들의 하얀 살, 또다시 사람들, 목소리들, 마을, 카페 앞에서의 기다림, 끝도 없이 부릉거리는 모터 소리, 그리고 버스가 빛의 둥지 알제에 들어서며 마침내 잠자리에 들어 12시간 동안 잘 수 있다고 생각했을 때, 순간 내가 느꼈던 기쁨.

# 2

　잠에서 깨어나고서야 나는 왜 내가 이틀간 휴가를 달라고 했을 때 사장이 불만스러운 표정을 지었는지 깨달았다. 오늘은 토요일이었다. 말하자면 나는 그 사실을 까맣게 잊고 있다 자리에서 일어나면서 비로소 생각이 난 것이었다. 사장은 당연히 내가 그런 식으로 일요일까지 껴서 나흘치 휴가를 타려 했다고 판단했을 것이다. 그러니 그가 기분 좋았을 리가 없는 것이다. 그런데 한편으로 보자면, 엄마의 장례식이 오늘이 아니라 어제 치러진 것이 내 탓은 아니고, 또 다른 한편으로, 어찌 됐건 내가 내 몫의 토요일과 일요일을 누렸으리라는 데엔 변함이 없지 않은가. 물론, 따지고 보면 그렇다는 얘기지, 그 때문에 사장을 이해할 수 없다는 건 아니다.

　어제 일로 지쳐 자리에서 일어나기가 힘들었다. 나는 면도를 하면서 오늘 무얼 할지 생각해 보다 수영을 하러 가야겠다고 마음먹었다. 전차를 타고 항구의 해수욕장에 갔다. 물에 몸을 담갔다. 젊은 사람들이 많았다. 물속에서 예전에 나와 같은 사무실에서 타이피스트로 일했던 마리 카르도나와 우연히 마주쳤다. 당시 나는 그녀와 자고 싶었고, 그건 그녀도 마찬가지였다고 생각한다. 하지만 마리가 얼마 지나지 않아 회사를 그만두었기 때문에 우리에겐 그럴 기회가 없었다. 나는 마리가 튜브에 오르는 것을 도와주다 그녀의 가슴을 살짝 스쳤다. 나는 여전히 물속에 있었지만 마리는 벌써 튜브에 배를 깔고 누운 채였다. 그녀는 나를 향해 고개를 돌렸다. 그러더니 눈 위에 머리칼을 드리운 채 웃었다. 나는 튜브로 올라 그녀 옆에 자리 잡았다. 유쾌했다. 나는 농담을 하면서 머리를 뒤로 젖혀 마리의 배에 뉘었다. 마리는 아무 말도 하지 않았다. 그래서 나는 계속 그렇게 하고 있었다. 시선 가득히 하늘이 들어왔다. 하늘은 푸르고 또 금빛이었다. 목덜미 밑으로 마리의 배가 호흡에 맞춰 조용히 오르내리는 것이 느껴졌다. 우리는 오랫동안 튜브 위에 그렇게 반쯤 잠든 채 누워 있었다. 햇볕이 걷잡을 수 없이 뜨거워지자 마리는 다시 물속으로 뛰어들었다. 나도 마리를 따랐다. 마리를 붙잡아 팔을 그녀의 허리에 두른 채 우리는 함께 헤엄쳤다. 그녀는 줄곧 웃었다. 방파제에서 몸을 말리는 동안 마리가 내게 〈내가 당신보다 더 까만 거 같아요〉라고 말했다. 나는 그녀에게 저녁때 함께 영화관에 가겠느냐고 물었다. 그녀는 또다시 웃더니 페르낭델이 나오는 영화를 보고 싶다고 했다. 우리가 다시 옷을 입었을 때, 마리는 내가 검은 넥타이를 맨 것을 보고 크게 놀랐다. 그러더니 내게 상중이냐고 물었다. 나는 엄마가 돌아가셨다고 했다. 마리가 언제부터 상을 당한 것인지 알고 싶어 했기 때문에 나는 〈어제부터〉라고 대답했다. 그녀는 살짝 뒤로 물러섰지만, 더 이상 그에 대해 왈가왈부하지 않았다. 나는 마리에게 그건 내 탓이 아니라고 말하려다 그만두었다. 같은 말을 이미 사장에게도 하지 않았나. 그 말엔 아무 뜻도 없었다. 그리고 어쨌든, 사람들은 언제나 약간씩은 잘못을 저지른다.

막상 저녁에 마리는 모든 것을 잊어버렸다. 영화는 간간이 웃기다 그다음엔 정말 너무 말도 안 되는 얘기로 흘러 버렸다. 마리가 한쪽 다리를 내 다리에 기댔다. 나는 그녀의 가슴을 어루만졌다. 영화가 끝나 갈 때쯤 그녀에게 키스를 했지만, 잘하지는 못했다. 극장에서 나온 후 그녀는 나를 따라 집으로 왔다.

눈을 떴을 때 마리는 이미 가고 없었다. 그녀는 내게 친척 아주머니를 보러 가야 한다고 했다. 나는 오늘이 일요일이라는 데 생각이 미쳤고, 그러자 지겨워졌다. 나는 일요일을 좋아하지 않는다. 그래서 다시 침대로 되돌아가 베개에 머리를 묻고 그곳에 마리의 머리칼이 남긴 소금 냄새를 맡으면서 10시까지 잤다. 그리고 난 후엔 계속 자리에 누워서 정오가 될 때까지 담배를 피웠다. 평소처럼 셀레스트네 식당에서 점심을 먹고 싶진 않았다. 분명 사람들이 이것저것 물을 테고, 나는 그런 걸 좋아하지 않는다. 집에 더 이상 빵이 남아 있지 않았지만 사러 내려가고 싶은 마음이 들지 않아 빵도 없이 그냥 달걀 몇 개를 익혀서 접시째 입을 대고 먹었다.

점심을 먹고 나니 약간 지루했다. 나는 아파트 안을 서성거렸다. 예전에 엄마가 있을 때는 편안한 집이었지만, 지금은 혼자 살기에 너무 커서 부엌의 식탁을 내 방으로 옮겨 놓아야만 했다. 이제 나는 이 방에서만, 그러니까 약간 밑이 꺼진 짚 의자와 거울이 노랗게 바랜 옷장, 화장대, 그리고 구리 침대 사이에서만 산다. 나머지는 그냥 내버려져 있다. 잠시 후 나는, 무언가를 하기는 해야 하니까, 오래된 신문을 집어 들어 읽었다. 그리고 거기서 크뤼셴 표 소금 광고를 한 장 오려 신문을 읽다 재밌는 것을 발견하면 모아 두곤 하는 낡은 공책에 붙였다. 그런 다음 나는 손을 씻고 마지막으로 발코니에 몸을 내밀었다.

내 방은 이 변두리 지역의 중심로를 향해 나 있다. 화창한 오후였지만 도로의 포장석에는 기름때가 껴 더러웠다. 몇 안 되는 사람들이 아직 거기 모여 서 있었다. 주로 산책을 나온 가족들이었다. 세일러복에 무릎 위로 오는 반바지를 입고 뻣뻣한 옷 때문에 약간 엉거주춤하고 있는 사내아이 둘과 커다란 분홍 리본을 달고 윤나는 검은 구두를 신은 여자아이 하나. 그 뒤로 비대한 몸집에 갈색 비단옷을 입은 아이들의 어머니, 그리고 나와 안면이 있기도 한, 작고 상당히 가냘픈 몸집의 아이들 아버지. 그는 밀짚모자에 나비넥타이를 하고 손에는 단장(短杖)을 짚고 있었다. 그가 아내와 함께 있는 것을 보니 동네 사람들이 왜 그를 두고 품위 있다고 하는지 이해가 갔다. 시간이 약간 더 지나자 외곽에 사는 젊은이들이 머리에 기름을 바르고, 붉은 넥타이를 매고, 수놓은 장식 손수건을 꽂은 허리가 꽉 끼는 웃옷에 앞코가 네모난 구두로 단장한 채 떼 지어 지나갔다. 나는 그들이 시내의 극장으로 가는 것이라 생각했다. 그러니까 그처럼 일찍 출발해 큰 소리로 웃으며 전차를 향해 바삐들 간 것일 게다.

그들이 지나가고 난 다음에는 길거리도 차츰차츰 한산해졌다. 지금 생각해 보면 이곳저곳의 공연들이 대부분 시작되어서 그랬던 듯하다. 길에는 이제 상점들과 고양이들밖에 없었다. 길가에 심긴 무화과나무들 위로 보이는 하늘은 맑았지만 찬란하게 빛나지는 않았다. 맞은편 보도의 담배 가게 주인이 가게 문 앞에 의자 하나를 내다 놓고 그 등받이에 두 팔을 올리며 걸터앉았다. 얼마 전까지만 해도 승객이 미어터졌던 전차들이 이제는 텅 비다시피 했다. 담배 가게 옆 작은 카페 〈피에로네 찻집〉에서는 사환이 빈 실내에 흩어진 톱밥을 쓸어 내고 있었다. 진짜로 일요일인 것이다.

나는 담배 가게 주인이 한 것처럼 내 의자의 방향을 돌려놓았다. 그 편이 더 편하겠다 싶어서였다. 그리고 담배 두 대를 피우고, 들어가서 초콜릿 조각을 꺼내 와 창가에서 먹었다. 조금 지나자 하늘이 어두워졌다. 나는 여름 소나기가 오려나 보다고 생각했다. 하지만 하늘은 차츰차츰 다시 밝아졌다. 구름장이 일종의 비의 약속을 남기고 지나간 후 거리는 한층 더 어두워졌다. 나는 오랫동안 그 자리에 남아 하늘을 바라보았다.

5시가 되자 시끄러운 소리와 함께 전차들이 도착했다. 교외의 경기장으로부터 돌아오는 관람객들이 전차의 발판과 난간에 떼 지어 매달려 있었다. 이어서 도착한 전차들에는 선수들이 타고 있었다. 나는 그들이 든 작은 가방으로 그 사람들이 선수들이라는 것을 알아보았다. 선수들은 자기네 클럽은 영원하다며 목이 터져라 고래고래 노래 부르고 있었다. 그들 중 여럿이 내게 손을 흔들었다. 그중 하나는 나를 향해 이렇게 외치기까지 했다. 「우리가 이겼어!」 나는 머리를 끄덕이며 〈그래〉라고 했다. 그리고 난 뒤에는 자동차들이 몰려들기 시작했다.

하루의 정경이 또다시 약간 변했다. 지붕들 위로 펼쳐진 하늘은 불그스름해졌고, 저녁이 다가오면서 거리에는 활기가 살아났다. 산책 나갔던 사람들도 하나둘씩 되돌아오기 시작했다. 나는 무리들 틈에서 예의 품위 있는 가장의 모습을 알아보았다. 아이들은 울거나 질질 끌려오고 있었다. 그와 거의 동시에 인근 극장들로부터 관객들이 쏟아져 나오기 시작했다. 그들 중 젊은이들이 평소보다 대담한 몸짓을 하는 걸로 미루어 나는 그들이 모험 영화를 보았나 보다고 생각했다. 시내의 영화관에서 돌아오는 사람들은 거리에 약간 더 늦게 도착했다. 그들은 보다 심각한 표정을 짓고 있었고, 여전히 웃고는 있었지만 이따금씩 피로하고 몽상적인 얼굴을 내비쳤다. 그들은 거리에 남아 맞은편 보도를 오갔다. 모자를 쓰지 않은 동네 처녀 몇이 팔장을 끼고 지나갔다. 젊은이들이 그녀들과 맞닥뜨릴 준비를 하고 있다가 농담을 던졌다. 여자들은 웃으며 뒤를 돌아다보았다. 그녀들 중 내가 아는 몇몇은 내게 손을 흔들기도 했다.

그때 갑자기 거리의 가로등에 불이 들어오면서, 밤하늘에 떠오른 첫 별들이 빛을 잃고 희미해졌다. 나는 이제 행인들과 불빛으로 가득한 보도를 쳐다보느라 눈이 지쳐 오는 것을 느꼈다. 젖은 포장석이 가로등 불빛을 받아 빛났다. 규칙적인 시간 차를 두고 전차들이 들어올 때마다 그 반사광이 빛나는 머리칼이나 미소, 또는 은팔찌 위에서 반짝였다. 이내 전차들도 한결 뜸해졌고 나무들과 가로등 위로 밤은 이미 어두웠다. 어느덧 거리는 텅 비었다. 마침내 첫 번째 고양이가 나타나 다시금 한적해진 길을 천천히 건너갔다. 그제야 나는 저녁을 먹어야 한다는 생각이 났다. 오랫동안 의자 등받이에 기대고 있었던 탓에 목덜미가 약간 아팠다. 나는 거리로 내려가 빵과 파스타를 사 온 뒤 저녁을 만들어서 그냥 선 채로 먹었다. 창가에서 담배를 피우고 싶었지만, 그러기엔 이제 공기가 선선했고 약간 추웠다. 창문을 닫고 되돌아올 때 문득 거울에 비친 식탁 귀퉁이가 눈에 들어왔다. 알코올 램프가 놓여 있고 그 옆에 빵 조각들이 흩어져 있는 식탁. 그러자, 언제나처럼 또 하루의 일요일이 지나갔고, 엄마는 이제 땅속에 묻혔으며, 나는 다시 일터에 나갈 것이고, 그리고 어쨌든 아무것도 바뀐 건 없다는 생각이 들었다.

# 3

 

 

 

오늘은 사무실에서 일을 많이 했다. 사장은 내게 친절히 대했다. 그는 내가 너무 피곤하지는 않은지 물었고, 그 김에 엄마의 나이도 알고 싶어 했다. 나는 틀린 말을 하지 않으려고 〈예순 살 정도 되셨습니다〉라고 대답했다. 그가 왜 이제 다 지나간 일이라는 듯 안도하는 표정을 지었는지 잘 모르겠다.

내 책상 위에는 선하(船荷) 증권이 무더기로 쌓여 있었다. 그것들을 전부 검토해야 했다. 점심 먹으러 가기 전에 손을 씻었다. 나는 정오의 이 순간을 아주 좋아한다. 저녁에는 손 씻는 재미가 그만 못하다. 우리가 쓰는 두루마리 수건이 그 무렵엔 완전히 젖어 있기 때문이다. 모든 이가 진종일 그 수건 하나만 사용했다는 뜻이다. 어느 날인가 사장에게 그 점을 지적한 일이 있었다. 그러자 사장은, 유감스럽긴 해도 어쨌든 별로 중요치 않은 사소한 일 아니냐고 대답했다. 나는 약간 늦게, 12시 30분쯤 에

마뉘엘과 함께 밖으로 나왔다. 에마뉘엘은 운송과에서 일한다. 사무실이 바다에 면해 있으므로 우리는 잠깐 짬을 내 태양에 뜨겁게 달아오른 항구의 화물선들을 바라보았다. 그때 트럭 한 대가 시끄럽게 체인 소리와 파열음을 내며 다가왔다. 에마뉘엘이 내게 〈어때, 한판 할까!〉라고 묻기에 나는 내달리기 시작했다. 트럭이 우리를 추월했다. 에마뉘엘과 나는 트럭 뒤를 쫓아 돌진했다. 소음과 먼지가 나를 뒤덮었다. 내 눈엔 아무것도 보이지 않았다. 권양기와 기계들, 수평선에서 춤추는 돛대들과 우리 곁을 지나쳐 가는 선체들의 한복판에서 오직 달리고 싶은 걷잡을 수 없는 충동만이 느껴질 뿐이었다. 내가 먼저 트럭의 잡을 곳을 찾아 몸을 날린 후, 에마뉘엘이 올라앉는 걸 도왔다. 우리는 숨이 멎다시피 헐떡였다. 먼지와 태양의 한가운데에서, 항구의 울퉁불퉁한 도면을 탄 트럭이 덜컹거렸다. 에마뉘엘이 숨이 넘어갈 듯 웃었다.

우리는 땀에 흠뻑 젖은 채로 셀레스트네 식당에 도착했다. 셀레스트는 여느 때처럼 불룩한 배에 앞치마를 두르고 희끗한 콧수염을 한 채 그곳에 있었다. 그는 내게 〈어쨌든 지낼 만하느냐〉고 물었다. 나는 그렇다고, 그리고 배가 고프다고 대답했다. 식사를 눈 깜짝할 사이에 끝내고 커피를 마셨다. 그다음 다시 집에 돌아가 잠깐 눈을 붙였다. 포도주를 너무 많이 마셨기 때문이다. 눈을 떴을 때는 담배를 피우고 싶었다. 늦는 바람에 전차를 잡기 위해 뛰어갔다. 그리고 오후 내내 일했다. 사무실 안이 무척 더웠으므로 저녁에 퇴근할 때는 둑을 따라 천천히 걸어서 집에 돌아갈 수 있다는 사실이 행복했다. 하늘은 초록색이었고, 나는 만족스러웠다. 그렇긴 해도, 저녁 식사로 삶은 감자를 준비하고 싶었기 때문에 나는 곧장 집으로 향했다.

어두컴컴한 계단을 올라오다 같은 층 이웃인 살라마노 영감과 부딪혔다. 영감은 자기 개와 함께 있었다. 그 둘이 같이 다니는 걸 본 지도 8년이 된다. 그의 스패니얼 종 개는 습진임 직한 피부염을 앓고 있어 털이 거의 다 빠졌고 몸통은 온통 반점과 갈색 딱지로 덮여 있었다. 좁은 방 안에서 개와 단둘이만 산 끝에, 영감은 마침내 자기 개와 닮은꼴이 되고 말았다. 그의 얼굴에는 불그스름한 검버섯이 덮였고 얼마 남지 않은 털은 누르스름하게 변색되었다. 개는 개대로 주인의 구부정한 자세를 물려받아, 목을 뻣뻣하게 뻗고 주둥이를 앞으로 내밀고 다녔다. 그들은 그처럼 동일 종에 속한 모습을 하고 서로를 미워했다. 하루에 두 번씩, 오전 11시와 오후 6시에 영감은 개를 산책시킨다. 8년 동안 그들이 산책 경로를 바꾼 적은 한 차례도 없었다. 그 둘이 리옹 가를 따라 지나가는 모습은 으레 볼 수 있는 광경이었다. 개가 끌어당기는 통에 영감은 발이 걸려 비틀거리기도 했는데, 그럴 때마다 그는 개를 때리며 욕을 퍼부었다. 그러면 개는 겁에 질려 기다시피 질질 끌려갔다. 그때부터는 영감이 개를 끌어당길 차례다. 개가 종전 일을 깜빡 잊고 다시 제 주인을 끌어당기기 시작하면, 주인은 또다시 개를 때리며 욕을 했다. 개는 공포 어린 눈으로, 주인은 증오 섞인 눈으로 서로를 바라보며 길바닥에서 시간을 보냈다. 매일같이 그런 식이다. 개가 오줌을 누려고 하면 영감은 그럴 시간을 주지 않은 채 개를 잡아당겼다. 그러면 개는 제 뒤로 작은 오줌 방울을 흘리며 끌려갔다. 어쩌다 방에서 실례라도 하면, 개는 또다시 얻어맞았다. 그런 일이 계속 이어진 지 8년이다. 셀레스트는 그 둘을 두고 항상 〈불행한 일이야〉라고 말했지만, 기실 아무도 속사정은 알 수 없는 법이다. 내가 층계에서 마주쳤을 때도 살라마노는 개에게 연신 욕을 해대는 중이었다. 그는 개에게 〈망할 놈! 썩을 놈!〉이라 하고, 개는 끙끙거리며 신음했다. 내가 〈안녕하세요!〉라고 말을 걸어도 영감은 여전히 개한테 욕을 퍼붓고 있었다. 나는 다시 그에게 개가 무슨 짓을 했는지 물었다. 그는 들은 척도 하지 않고 단지 〈망할 놈! 썩을 놈!〉이라고 되풀이했다. 나는 그가 개를 향해 몸을 굽힌 채 목줄의 무엇인가를 손보고 있는 중임을 알아차렸다. 나는 더 큰 목소리로 말을 걸었다. 그는 뒤돌아보지도 않은 채 화를 억지로 참는 듯한 태도로 대꾸했다. 「아직도 안 가고 저러네.」 그러더니 개를 잡아 끌며 가버렸다. 개는 네 발로 질질 끌려가며 낑낑거렸다.

바로 그때 같은 층에 사는 두 번째 이웃이 들어섰다.

동네에서는 그가 여자들을 팔아 먹고산다고들 한다. 하지만 사람들이 그에게 직업을 물어보면 그는 〈창고업자〉다. 대체로 그를 좋아하는 사람은 거의 없는 편이었다. 하지만 그는 내게 종종 말을 걸기도 하고 어떤 때는 우리 집에 잠깐 들르기도 한다. 내가 자기 말을 들어 준다는 것이 그 이유다. 나에게는 그가 말하는 내용들이 흥미롭게 여겨진다. 게다가 내가 그와 말을 하지 않을 아무런 이유도 없는 것이다. 그의 이름은 레몽 생테스. 키가 작은 편이고 어깨가 떡 벌어졌으며 권투 선수와 같은 코를 가졌다. 그는 언제나 아주 단정한 차림을 한다. 레몽 역시 살라마노에 관해 〈불행한 일이 아니고 뭐겠소!〉하고 말한 적이 있다. 그는 내게 그런 것이 혐오감을 주지 않느냐고 물었다. 나는 아니라고 했다.

우리는 함께 계단을 올라갔다. 막 헤어지려는 순간, 그가 내게 물었다. 「집에 순대하고 포도주가 약간 있는데, 같이 들래요?……」 나는 그러면 따로 저녁 준비를 하지 않아도 되겠다 싶어 그러마고 했다. 레몽 역시 창 없는 부엌이 딸린 한 칸짜리 방에 살고 있다. 그는 침대 머리맡을 흰색과 분홍색 화장 벽토로 만든 천사상 하나, 챔피언이 되었을 때 찍은 사진 몇 장, 그리고 뻔한 종류의 여자 나체 사진 두어 장으로 장식해 놓았다. 방 안은 지저분했고 침대는 헝클어져 있었다. 레몽은 우선 페트롤 램프에 불을 붙인 후 주머니에서 상당히 미심쩍어 보이는 붕대를 꺼내 오른손에 감았다. 나는 그에게 무슨 일이 있었느냐고 물었다. 그는 자기에게 시비를 건 어떤 녀석과 한판 붙었다고 대답했다.

그의 말은 이랬다. 「당신이라면 이해하겠죠, 뫼르소 씨. 그건 내가 못된 놈이라서가 아니라 좀 욱하는 성미가 있어서 벌어진 일이요. 그놈이 이렇게 말하지 뭐요. 〈네가 사내면 전차에서 내려.〉 그래서 이렇게 대답해 줬지. 〈이거 봐, 진정하라고.〉 그랬더니 녀석이 날 보고 남자가 아니라는 거야. 그래 전차에서 내려서 그랬지. 〈정도껏 해. 그게 좋을 거야. 아니면 내가 한 수 가르쳐 주고.〉 그러자 자식이 그러더군. 〈뭘 가르쳐?〉 그래서 내가 한 방 먹였지. 쓰러지데. 난 그 자식을 일으켜 주려고 했거든. 그런데 그게 땅바닥에서 발길질을 해대는 거야. 그래서 다시 녀석을 무릎으로 한 대, 각목으로 두 대 깠지. 자식 얼굴이 피투성이가 됐기에 이제 톡톡히 알았느냐고 했소. 〈그렇다〉더군.」

그 얘기를 하는 내내 생테스는 붕대를 고쳐 감았다. 나는 침대에 걸터앉아 있었다. 그가 말을 이었다. 「내가 그놈한테 싸움을 건 게 아니라는 걸 알겠죠? 그놈이 나한테 무례하게 군 거지.」 그건 사실이었다. 나는 그렇다고 인정했다. 그러자 레몽은 나에게 바로 그 일로 조언을 구하려 했다고 밝혔다. 당신은 남자답고 또 사는 게 뭔지 아니까 나를 도와줄 수 있다, 그리고 그러고 나면 당신과 나는 친구가 될 수 있을 것이다……. 나는 아무 말도 하지 않았다. 그러고는 그는 또다시 자기와 친구가 되고 싶은가 물었다. 나는 그래도 별 상관 없다고 했다. 그러자 그는 만족한 표정을 지었다. 그러고는 순대를 꺼내 팬에 구웠다. 그런 다음 잔과 접시, 식기와 두 병의 포도주를 늘어놓았다. 그러는 동안 그는 아무 말도 없었다. 우리는 자리를 잡고 앉았다. 그는 음식을 먹으면서 약간 망설이다 자기 얘기를 하기 시작했다. 「예전에 어떤 여자를 하나 알았는데…… 말하자면 내 정부였소.」 그와 싸움을 한 사내는 그러니까 그 여자의 남자 형제였다. 레몽은 자기가 그 여자를 먹여 살렸다고 했다. 나는 아무 대답도 하지 않았다. 하지만 레몽은 곧이어 동네 사람들이 자길 두고 뭐라 수군거리는지 알고 있다고, 그렇지만 자기도 나름 양심이 있는 인간이고, 또 창고업자라고 덧붙였다.

〈하던 얘기를 계속하자면, 나는 이 여자가 어딘가 속이는 구석이 있다는 걸 깨닫게 됐지〉라고 레몽은 말했다. 그는 여자에게 딱 먹고살 만한 액수를 주었다. 방 값은 아예 직접 내주고, 여자에게 따로 식비 조로 쓰라고 하루에 20프랑씩 주었다는 것이다. 「방세 3백 프랑에 식비 6백 프랑, 거기다 가끔 비단 양말도 한 켤레 사주고, 그러다 보면 1천 프랑이 들어요. 그런데 이 여자는 제가 무슨 귀부인이라고 일할 생각을 안 해. 그러면서 하는 말이라곤 생활비가 너무 빡빡해서 내가 주는 돈으론 도저히 살 수가 없다나. 내가 늘 하는 말이 〈당신은 어째서

다만 반나절이라도 일할 생각을 하지 않는 거야? 그럼
이 자질구레한 모든 일에서 내 짐을 좀 덜어 줄 수 있을
것 아닌가. 이번 달에도 난 당신한테 옷을 한 벌 사줬어.
하루에 20프랑씩 쓰라고 주고 방세도 내줬지. 그런데 당
신이 하는 일이라곤 대낮에 친구들하고 어울려서 커피나
마시는 것뿐이잖아. 당신은 친구들에게 커피와 설탕을
대주나? 나는 당신에게 돈을 줘. 나는 당신한테 잘해 줬
는데 당신은 어째 나한테 보답을 할 줄 몰라.〉 이거였거
든. 그런데도 이년이 일을 안 해요. 그냥 그 돈으론 살 수
가 없다는 말뿐이고. 그렇게 해서 나는 뭔가 꿍꿍이가 있
다는 걸 눈치챈 거요.」

그러면서 레몽은 여자의 가방에서 복권 한 장을 발견
했다는 이야기를 했다. 여자는 어떻게 해서 그 복권을 사
게 되었는지 그에게 제대로 해명하지 못했다. 얼마 지나
지 않아 또다시 그는 여자의 집에서 그녀가 팔찌 두 개를
저당 잡혔다는 것을 증명하는 전당포의 〈차용증〉을 발
견했다. 그때까지 그는 여자에게 그런 팔찌들이 있었다
는 사실도 몰랐다. 「나는 거기서 속고 있다는 사실을 똑
똑히 깨달았소. 그래서 그 여자랑 헤어졌지. 그렇지만 헤
어지기 전에 우선 년을 두드려 패고, 제년의 진실이 과연
뭔지 똑바로 말해 줬거든. 네가 원하는 건 그냥 너한테
딸린 물건 가지고 재미 보는 것뿐이다, 라고. 내가 그 여
자한테 한 말은 이런 건데, 당신도 들으면 수긍이 갈 거

요, 뫼르소 씨. 〈너는 지금 내가 너한테 온 세상이 시기할 만한 행운을 베푼다는 걸 모르고 있지만, 좀 더 지나면 한때 네년이 얼마나 복 많은 여자였는지 알게 될 거다.〉」

그는 여자를 피가 나도록 때렸다. 그 전엔 그녀를 때린 일이 없었는데. 「아니, 때리긴 했지만, 그래도 말하자면 살살 쳤더랬죠. 그년이 약간 비명을 지르긴 했어도 내가 덧문을 닫으면 그냥 그걸로 끝나곤 했거든, 항상. 하지만 이번엔 일이 좀 심각해요. 게다가 나로선 아직 그 여잘 충분히 벌준 게 아니고.」

그러면서 그는 바로 그 때문에 조언이 필요하다고 설명했다. 레몽은 여기서 말을 끊고 그을음이 올라오는 램프의 심지를 조절했다. 나는 줄곧 그의 말을 경청했다. 포도주를 1리터 가까이 마셨기 때문에 관자놀이가 몹시 뜨거웠다. 담배가 더 이상 남아 있지 않아 레몽의 것을 빌려 피웠다. 마지막 전차들이 지나가며 온갖 소음도 함께 실어 갔다. 이제 시끄러운 소리들은 교외 저 멀리로 사라졌다. 레몽은 이야기를 계속했다. 〈아직도 그 여자와 잤던 정이 남아 있어서〉 그게 좀 난처하긴 하지만 그래도 그녀를 벌주고 싶다, 맨 처음엔 여자를 호텔로 데려간 뒤 〈풍기 단속반〉을 불러다 한바탕 소동을 벌여 그녀가 윤락녀 감찰 명단에 오르도록 해버릴까 생각하기도 했다, 그래서 그 바닥에서 일하는 몇몇 친구들한테 연락했지만 그들은 뾰족한 수를 찾아내지 못했다……. 그가 지적했

듯, 그 바닥에 있으면 있는 값을 해야 말이 되는 법이었다. 그는 그 생각을 친구들에게 그대로 말했고 그러자 그들은 그럼 그 여자한테 〈낙인을 찍어 버릴까〉 하고 제안했다. 「하지만 내가 원하는 게 그건 아니거든. 그래서 좀 생각을 해보려는 참이오. 그렇지만 그 전에 뫼르소 씨에게 물어볼 게 있소. 아니, 묻기 전에 우선 알고 싶은 게 있는데, 이 이야기를 대체 어떻게 생각합니까……」 나는 이 일에 관해 아무 생각이 없긴 하지만, 흥미로운 이야기이긴 하다고 대답했다. 그러자 레몽은 내 생각에 과연 여자가 자기를 속인 것 같으냐고 물었다. 그래서, 나로선 분명히 그래 보인다, 그리고 굳이 그 여자를 벌해야 한다든가 만약 내가 레몽의 입장이라면 어떻게 할 것이냐 묻는다면…… 그 질문에 답할 수 있는 사람이 대체 누가 있겠느냐면서도 그가 그녀를 단죄하고 싶어 하는 그 마음은 이해된다고 대답했다. 그리고 나서 나는 또다시 포도주를 약간 더 마셨다. 레몽은 담배에 불을 붙인 후 내게 자기 속내를 털어놓았다. 우선 여자에게 〈차버리겠다는 의사뿐만 아니라 그녀로 하여금 후회가 들게 할 만한 내용도 담은〉 편지를 보낼 작정이다. 그다음 그녀가 되돌아오면 같이 잘 것이다. 하지만 〈절정에 다다르려는 바로 그 순간〉 여자의 얼굴에 침을 뱉고 밖으로 쫓아낼 것이다……. 나는 실제로 그 정도면 그녀도 죗값을 치른 셈이 되겠다고 했다. 그러자 레몽은, 한데 막상 자신은 그만한 편지를 쓸 능력이 없고, 그래서 나에게 편지를 써달라면 어떨까 하는 생각을 하게 되었다는 말을 했다. 내가 아무 대답도 않자 그는 내게 곧장 편지를 써줄 수 있는지, 그게 좀 곤란한 부탁인지 물었다. 나는 아니라고 했다.

그러자 레몽은 포도주 한 잔을 마신 뒤 자리에서 일어났다. 그는 접시들과 먹다 남은 차가운 순대 조각을 한쪽으로 민 다음, 방수제를 입힌 식탁보에 꼼꼼히 행주질을 했다. 그러고서 나이트 테이블의 서랍에서 방안지 한 장과 노란 편지 봉투, 붉은 나무로 만든 작은 펜대, 그리고 보라색 잉크가 든 네모난 잉크병을 꺼냈다. 그가 여자의 이름을 말하는 순간, 나는 그녀가 아랍계라는 사실을 알게 되었다. 나는 편지를 작성했다. 좀 무턱대고 쓰긴 했어도, 어쨌든 나는 레몽을 만족시키려고 애썼다. 그를 만족시키지 않을 이유는 없으니까 말이다. 그런 후, 다 쓴 편지를 그에게 읽어 주었다. 레몽은 편지 내용을 들으며 담배를 피웠다. 고개를 끄덕이기도 했다. 그러더니 한 번 더 읽어 달라고 했다. 편지를 다시 읽어 주고 나자 그는 완전히 만족한 얼굴이 되어 이렇게 말했다. 「네가 인생이 뭔지 안다는 걸 난 진작에 짐작하고 있었다니까.」 처음에 나는 레몽이 내게 반말을 하고 있다는 걸 느끼지 못했다. 내가 비로소 그 사실을 깨달은 것은 그가 이렇게 공표할 때였다. 「이제 넌 진짜 친구다.」 그 말은 내게 강한 인상을 남겼다. 그는 그 말을 다시 한 번 되풀이했고,

그래서 나는 〈그래〉라고 대답했다. 내가 그의 친구든 아니든, 그 사실은 내게 아무 차이도 없었다. 반면 레몽은 나와 정말로 친구가 되고 싶다는 표정을 하고 있었다. 레몽이 편지를 봉하고 난 후 우리는 남은 포도주를 다 비웠다. 그러고 나서, 잠깐 동안 아무 말도 하지 않고 담배만 피웠다. 바깥은 조용했다. 미끄러질 듯 지나가는 자동차 소리가 들렸다. 나는 〈시간이 늦었어〉라고 말했다. 레몽 생각도 그랬다. 그는 시간이 참 빨리 지나간다고 했다. 어떤 의미에서는 맞는 말이었다. 나는 졸렸지만 자리에서 선뜻 일어나게 되지가 않았다. 십중팔구 내가 지친 표정을 하고 있었던 모양이다. 레몽이 되는대로 지내면 안 된다고 말했기 때문이다. 나는 처음에 그게 무슨 말인지 이해가 되지 않았다. 그러자 그는 엄마가 죽었다는 사실을 알고 있다고, 하지만 그런 일은 언젠가는 닥치기 마련이라고 풀어 말했다. 그건 내 의견이기도 했다.

나는 자리에서 일어났다. 레몽이 내 손을 아주 힘껏 잡으며 남자들끼리는 언제나 생각이 통한다고 했다. 나는 그의 방에서 나와 문을 닫은 후, 깜깜한 층계참에 한동안 서 있었다. 건물 안은 조용했고 계단 굽 깊숙한 곳에서부터 어둡고도 습한 기운이 새어 올라왔다. 들리는 것이라곤 귓전에서 웅웅거리는 나 자신의 피 도는 소리뿐이었다. 나는 그 자리에 꼼짝 않고 서 있었다. 살라마노 영감의 방에서 개가 희미하게 끙끙거렸다.

# 4

일주일 내내 열심히 일했다. 레몽이 방에 들러 편지를 부쳤다고 귀띔했다. 에마뉘엘과는 함께 두 차례 극장에 다녀왔다. 에마뉘엘은 스크린에서 일어나는 일들을 낱낱이 따라가지 못해 가끔 설명을 해주어야 한다. 어제는 토요일이라 우리 둘이 정한 대로 마리가 집에 들렀다. 나는 마리를 몹시 갖고 싶었다. 그녀가 붉은색과 흰색의 줄무늬가 진 예쁜 원피스에 가죽 샌들을 신고 있었기 때문이다. 마리의 가슴은 탄탄한 윤곽을 드러냈고, 태양에 그을린 그녀의 얼굴엔 화색이 돌았다. 우리는 버스를 타고 알제에서 몇 킬로 벗어나 어느 해변에 당도했다. 해변은 바위로 둘러싸여 있었으며 뭍과 닿은 쪽으로는 갈대가 자라나 있었다. 오후 4시의 태양은 지독히 뜨겁지는 않았지만, 잔 파도가 길고 느른하게 일렁이는 바닷물은 미적지근했다. 마리는 내게 놀이를 하나 가르쳐 주었다. 그 놀이를 하려면 우선 헤엄치면서 파도 마루의 물을 삼켜

입안에 거품을 잔뜩 모은 다음, 물 위에 누워 하늘을 향해 그 거품을 뿜어야 했다. 그러면 물은 거품의 레이스가 되어 공중에서 사라지거나, 미지근한 비가 되어 얼굴로 쏟아져 내렸다. 몇 번 그렇게 놀고 나니 이내 내 입은 소금의 쓴 맛으로 얼얼해지고 말았다. 그러자 마리가 다가와 물속에서 내 몸에 꼭 달라붙었다. 그리고 내 입에 자기 입을 포갰다. 마리의 혀가 나의 입술을 상쾌하게 씻어주었다. 그런 후 우리는 다시 파도에 에워싸인 채 얼마간의 시간을 보냈다.

해변에서 다시 옷을 주워 입고 났을 때 마리가 빛나는 눈으로 나를 바라보았다. 나는 마리에게 입을 맞췄다. 그 순간부터 우리는 더 이상 아무 말도 하지 않았다. 나는 마리를 끌어안았다. 우리는 부랴부랴 버스를 잡아 타고 집으로 돌아와 허겁지겁 침대에 몸을 던졌다. 열어 둔 창문으로 스며드는 여름밤의 기운이 우리의 갈색 몸 위로 흐르는 느낌이 기분 좋았다.

아침에 마리는 가지 않고 머물러 있었다. 나는 그녀에게 그럼 함께 점심을 먹자고 한 후, 거리로 내려가 고기를 샀다. 다시 집으로 올라오는데 레몽의 방에서 여자 목소리가 새어 나왔다. 잠시 후엔 살라마노 영감이 개를 야단치는 소리가 났다. 곧이어 나무 계단을 내려가는 구두창 소리와 동물의 발톱 소리, 그리고 〈망할 놈, 썩을 놈〉 하며 궁시렁거리는 소리가 들려왔다. 노인과 개는 거리로 나섰다. 내가 마리에게 영감의 이야기를 해주자 그녀는 웃었다. 마리는 내 잠옷의 소매를 걷어 올려 입고 있었다. 마리가 웃는 모습을 보자 또다시 그녀와 하고 싶다는 생각이 들었다. 잠시 후, 마리는 내게 자기를 사랑하느냐고 물었다. 나는 그런 건 아무 의미도 없긴 하지만, 아마 아닌 것 같다고 대답했다. 마리는 슬픈 표정이 되었다. 하지만 점심 식사를 준비하던 중, 그녀는 정말 아무것도 아닌 일에 또다시 웃었다. 그래서 나는 그녀에게 입을 맞췄다. 바로 그때, 레몽의 방에서 싸우는 소리가 터져 나왔다.

우선 들려온 것은 어떤 여자의 날카로운 목소리였고, 그다음은 레몽의 말소리였다. 「네가 나를 속여? 나를 배신해? 앞으로 날 속이면 어떻게 되는지 본보기를 보여 주지.」 둔탁한 소리가 몇 차례 이어졌고 여자가 무시무시한 비명을 질렀다. 그 바람에 즉각 층계참으로 사람들이 모여들었다. 마리와 나도 문 바깥으로 나왔다. 여자는 줄곧 비명을 질러 댔고 레몽은 연신 그녀를 팼다. 마리가 끔찍한 일이라고 했다. 나는 아무 대꾸도 하지 않았다. 마리가 가서 경찰을 부르라고 부탁했지만 나는 경찰을 좋아하지 않는다고 대답했다. 어쨌거나, 3층에 세 들어 사는 배관공과 함께 경찰 한 명이 나타났다. 경찰이 레몽의 방문을 두드렸다. 방에서는 더 이상 아무 소리도 나지 않았다. 경찰은 좀 더 세게 문을 두드렸다. 잠시 후, 레몽이 문을 열었다. 여자는 울고 있었다. 그는 담배를 입에 문 채

사뭇 부드러운 표정을 짓고 있었다. 여자가 허겁지겁 문 쪽으로 달려와 경찰에게 레몽이 자기를 때렸다고 일러바쳤다. 〈이름 대〉 하고 경찰이 말했다. 레몽이 경찰에게 이름을 말했다. 그러자 경찰이 명령했다. 「나한테 대답할 때는 입에서 담배 빼고 말해.」 레몽은 잠시 망설이다 나를 쳐다보았다. 그러더니 입에 문 담배를 한 모금 빨아들였다. 순간, 경찰이 철썩 레몽의 따귀를 갈겼다. 뺨 한복판을 있는 힘껏 내리치는 호된 가격이었다. 담배는 몇 미터 떨어진 곳으로 날아갔다. 레몽의 얼굴 표정이 바뀌었다. 당장에 그는 아무 말도 하지 않았다. 하지만 곧이어 겸양 떠는 목소리로 담배를 주워도 되겠느냐고 물었다. 경찰은 그러라고 하며 이렇게 덧붙였다. 「그렇지만 다음번엔 경찰이 결코 허수아비가 아니라는 걸 알게 될 거다.」 그러는 동안에도 여자는 내내 울며 같은 말을 되풀이했다. 「저 사람이 날 때렸어요. 저 사람, 포주예요.」 그러자 레몽이 경찰에게 물었다. 「경관님, 멀쩡한 사람한테 대고 포주라고 하는 건 합법입니까?」 하지만 경찰은 그에게 〈아가리 닥쳐〉 하고 명령했다. 레몽은 여자 쪽으로 몸을 돌리며 말했다. 「어디, 좀 이따 다시 보자.」 경관은 레몽에게 입 닥치라고 말한 후 여자는 여기 있으면 안 되며, 레몽은 자기 방에 남아 경찰서의 소환을 기다리라고 했다. 그러면서 레몽보고 그렇게 몸을 부들부들 떨 정도로 술에 취해 있다니, 부끄러운 줄 알아야 할 것이라고 덧붙였다. 그 말에 레몽은 〈경관님, 전 술 취하지 않았습니다. 그냥 이렇게 경관님 앞에 서 있자니 어쩔 수 없이 몸이 덜덜 떨리는군요〉라고 한 뒤, 문을 닫고 들어가 버렸다. 모든 사람들이 자리를 떴다. 마리와 나는 점심 준비를 끝마쳤지만, 마리는 배고프지 않다고 했다. 점심은 나 혼자서 거의 다 먹었다. 그녀는 1시에 떠났고, 이후 나는 약간 잤다.

3시쯤 방문을 두드리는 소리가 나더니 레몽이 들어왔다. 나는 자리에 그대로 누워 있었다. 레몽은 내 침대 가에 걸터앉았다. 그가 잠시 동안 아무 말도 하지 않기에 나는 대체 어떻게 된 거냐고 물었다. 레몽은, 자기가 하려던 계획대로 실행에 옮겼는데 여자가 따귀를 때리더라, 그래서 여자를 팼다고 자초지종을 이야기했다. 그다음 일들은 네가 본 그대로야. 나는 그에게 이제 여자도 충분히 벌을 받은 것 같으니 만족했겠다고 말했다. 나도 그렇게 생각해, 그리고 따져 보면 경관은, 까짓것 그 자식이 뭘 해봤자 헛수고지, 아무튼 그년이 얻어맞았다는 사실은 안 바뀌니까……. 그 말과 함께 레몽은 자신이 경찰들에 대해선 훤하다고, 그들과 어떤 식으로 처신해야 하는지 잘 알고 있다고 덧붙였다. 그리고 경관이 따귀를 때렸을 때 자기가 거기 응대하기를 기대했느냐고 물었다. 나는 아무것도 기대한 바 없다고, 게다가 나는 경찰들을 좋아하지 않는다고 대답했다. 그 말에 레몽은 매우 만족한 표정이 되었다. 그는 함께 밖에 나가지 않겠느냐고 했다. 그래서 나는 침대에서 일어나 머리를 빗기 시작했다. 레몽은 내가 자기 증인 노릇을 해주어야 한다고 말했다. 아무래도 상관없긴 하지만, 대체 무슨 말을 하면 되는데? 레몽에 의하면, 그냥 여자가 자기를 배신했다고 진술하기만 하면 된다는 것이었다. 나는 증인이 되어 주겠다고 승낙했다.

우리는 바깥으로 나왔다. 레몽은 내게 고급 브랜디를 한잔 사주었다. 그런 다음 그는 당구를 한판 치고 싶어 했다. 내가 아슬아슬하게 졌다. 게임이 끝난 후 레몽이 창녀촌에 가자고 했으나 그런 것을 좋아하지 않는 나는 가지 않겠다고 했다. 우리는 조용히 집으로 되돌아왔다. 레몽은 자기 정부를 성공적으로 처벌한 일이 얼마나 만족스러운지 모른다고 했다. 나는 레몽이 내게 매우 친절하게 대한다고 느꼈고, 그래서 그와 좋은 한때를 보냈다고 생각했다.

저 멀리, 살라마노 영감이 불안한 기색으로 문간에 서 있는 것이 보였다. 노인과 가까워짐에 따라 나는 그가 개를 데리고 있지 않다는 사실을 알아차렸다. 노인은 사방을 두리번거리며 제자리를 맴돌면서 어두컴컴한 복도에서 뭔가를 찾아내려 하고 있었다. 그는 또 뜻이 이어지지 않는 말들을 중얼거리면서 작고 붉은 두 눈으로 끊임없이 거리를 살폈다. 레몽이 영감에게 뭘 하는 중이냐고 물었으나, 그는 금방 대답을 하지 않았다. 나는 모호하게나마 그가 〈망할 놈, 썩을 놈〉이라 우물거리는 소리를 들었다. 그 말과 함께 영감은 계속 이리저리 움직였다. 나는 그에게 개는 어딨느냐고 물었다. 그러자 그가 퉁명스럽게 개가 도망가 버렸다고 대답했다. 그러더니 갑자기 수다스러워지면서 설명을 늘어놓았다. 「개를 데리고 늘 가는 연병장 길에 산책을 나갔는데 말요, 노점상들의 바라크 근처에 사람이 많더라고. 내가 잠깐 〈도주왕〉을 구경하다 자리를 뜨려고 보니 개가 없잖겠소. 물론 개한테 좀 더 작은 목걸이를 사주려고 맘먹은 지 오래긴 했지만, 그래도 그 썩을 놈이 그렇게 도망가 버릴 줄은 꿈에도 몰랐다고.」

그러자 레몽이 영감에게 개가 길을 잃었을 수는 있지만 그래도 대체로 곧 제집을 찾아 온다고 설명했다. 그러면서, 10여 킬로미터나 떨어진 곳에서 길을 잃었다가도 주인을 찾아 되돌아온 개들의 사례를 늘어놓았다. 그러나 노인은 한층 더 불안한 기색이 되었다. 「하지만, 알다시피 그 사람들이 개를 잡아갈 텐데. 게다가 누군가 개를 데리고 가기라도 한다면…… 아니지, 그런 일은 있을 수 없지. 녀석 몸의 딱지 때문에 모든 사람이 더럽다고 생각할 거거든. 그러니까 틀림없이 경찰들이 그놈을 잡아갈 거요.」 그래서 나는 그에게 그렇다면 계류장에 가보면 된다고, 거기 가서 약간의 요금을 물면 개를 되돌려 받을 수 있을 거라고 일러 주었다. 영감은 요금이 비싸냐고 물었다. 그건 잘 모르겠습니다만…… 그러자 영감은 화를 냈다. 「그 썩을 놈 때문에 돈을 물다니. 에이, 그냥 뒈져라, 썩을 놈!」 영감은 개를 욕하기 시작했다. 레몽이 픽 웃더니 집으로 들어갔다. 나도 그의 뒤를 따랐다. 우리는 층계참에서 헤어졌다. 잠시 후, 살라마노 영감의 발소리가 들려왔다. 그가 내 방문을 두드렸다. 문을 열자 영감은 한동안 문간에서 머뭇거리더니 이렇게 말했다. 「실례했소, 미안합니다.」 나는 그에게 들어오라고 했다. 하지만 노인은 마다했다. 그리고 자기 신발 끝만 바라보고 서 있었다. 그의 딱지 앉은 두 손이 파르르 떨렸다. 영감은 내 얼굴을 외면한 채 물었다. 「결코 경찰들이 나한테서 개를 뺏어 가진 못할 거요, 뫼르소 씨. 그 사람들은 나한테 녀석을 돌려줄 거요. 아니면 난 대체 어떻게 되는 거요?」 나는 영감에게 계류장에서는 주인이 찾을 수 있도록 사흘 정도 개를 보호하며, 그 시간이 지난 다음에는 적절하다고 판단되는 조처를 취한다고 가르쳐 주었다. 영감은 말없이 나를 쳐다보았다. 그러더니 이내 〈잘 있으시우〉라고 말했다. 노인이 자기 방문을 닫았다. 그가 이리저리 서성이는 소리가 들려왔다. 이윽고 그의 침대가 삐걱거렸다. 그러더니, 벽 너머로 이상한 소리가 희미하게 새어 나왔다. 나는 그가 울고 있다는 것을 깨달았다. 그때 왜 엄마 생각이 났는지 모르겠다. 하지만 다음 날은 일찍 일어나야 하는 날이었다. 배가 고프지 않았다. 나는 저녁을 먹지 않고 그냥 잠자리에 들었다.

# 5

레몽한테서 사무실로 전화가 걸려 왔다. 알제 근처에 오두막을 갖고 있는 그의 친구 하나가 일요일에 놀러 오라고 나를 초대했다는 것이다(일전에 그 친구한테 네 얘기를 해두었어). 나는, 그러고 싶긴 하지만 일요일엔 여자 친구와 약속이 있다고 대답했다. 그러자 그는 대뜸 여자 친구도 같이 오라고 했다. 네가 그렇게 해준다면 그녀석 마누라도 남자들 사이에 혼자 끼어 있지 않아도 되니 매우 좋아할 거야…….

나는 사장이 시내에서 직원을 찾는 전화가 걸려 오는 것을 달가워하지 않는다는 사실을 알고 있었기 때문에 얼른 전화를 끊고 싶었다. 하지만 레몽은 좀 기다리라고 하면서, 초대 건이야 저녁에 알려 줄 수도 있었지만 그보다 나한테 다른 사실을 말해 줘야만 해서 그런다고 덧붙였다. 「하루 종일 아랍인 여럿이 나를 미행했는데 그놈들 중에 내 옛날 여자의 오라비가 끼어 있지 뭐야. 만약 오늘 저녁 퇴근길에 집 근처에서 그 자식을 보면 나한테 좀 알려 줘.」 나는 알겠다고 했다.

조금 뒤 사장이 나를 불렀다. 순간 나는 난처한 기분이 되었다. 사장한테서 전화질은 좀 줄이고 일을 더 하라는 말을 듣게 되겠단 생각이 들어서였다. 그런데 그의 용건은 전혀 그런 것이 아니었다. 사장은 아직은 아주 막연한 어떤 기획안을 놓고 나와 이야기 좀 했으면 한다고 했다. 부담 없이 견해를 말해 주게. 대기업들을 상대로 업무를 현장에서 즉각즉각 처리할 사무실을 파리에 하나 개설할까 하는 중인데, 그럴 경우 자네가 거기 갈 의향이 있는지 알고 싶네. 그러면 파리에서 생활할 기회가 생길 뿐만 아니라 1년 중 일부를 여행하면서 지낼 수도 있을 걸세……. 「자네는 젊으니까 그런 생활이 틀림없이 마음에 들지 않을까 하는데.」 나는, 그렇긴 하지만 따지고 보면 이러나저러나 내겐 마찬가지라고 대답했다. 그러자 사장은 내게 삶에 변화를 주는 데 큰 관심이 없느냐고 물었다. 그래서 나는 사람은 결코 삶을 바꿀 수 없다고, 모든 삶이 어쨌든 나름의 가치를 지니는 법이며, 따라서 여기서의 삶도 내게는 전혀 싫지 않다고 대답했다. 사장은 불만스러운 눈치였다. 그는 내가 언제나 삐딱한 대답만 하고 도대체 야심이라곤 없는데, 그런 성향은 사업을 하는 데 영 이롭지 못하다고 했다. 그래서 나는 하던 일을 계속하기 위해 내 자리로 돌아왔다. 사장에게 불만을 안겨 주지 않을 수 있었더라면 더 좋았겠지만, 나로선 내 인생을 바꿔야만 할 이유를 도무지 찾을 수 없었다. 게다가 그 문제를 놓고 곰곰이 생각해 볼수록, 나는 불행한 인간이 아니었다. 학생이었을 때야 나도 그런 종류의 야심을 상당히 지니고 있었다. 그러나 학업을 포기해야만 하는 순간이 오자, 나는 그 모든 것이 현실적으로 아무런 중요성도 가지지 못한다는 사실을 아주 빨리 깨달았던 것이다.

저녁에는 마리가 나를 찾아와 자기와 결혼하고 싶은지 물었다. 나는 아무래도 상관없으니 그녀가 원한다면 결혼을 할 수도 있다고 대답했다. 그러자 그녀는 내가 자기를 사랑하는지 알고 싶어 했다. 나는, 전에도 이미 말했듯이 그런 것은 아무런 의미도 없지만, 아마도 그녀를 사랑하지는 않는 것 같다고 했다. 〈그럼 왜 나랑 결혼하는데?〉 하고 마리가 물었다. 나는 다시금 그녀에게 그런 건 전혀 중요하지 않으며, 그녀가 원한다면 우리는 결혼할 수도 있다고 설명했다. 게다가 그걸 요구하는 건 마리 당신이다, 난 다만 그러겠다고 대답하는 걸로 만족한다고 했다. 그러자 마리는 결혼이란 심각한 것이라고 지적했다. 나는 〈아니〉라고 대답했다. 그녀는 잠시 아무 말도 하지 않았다. 그리고 나를 잠자코 쳐다보다가 이윽고 다시 입을 뗐다. 그냥 이거 하나만 알고 싶어. 만약 어떤 다른 여자가 나와 동일한 방식으로 너와 연을 맺게 되

었다 쳐. 그 여자가 같은 제안을 하면 그때에도 나한테
한 것처럼 그 여자의 제안을 받아들일 거니……. 〈당연하
지〉라고 나는 대답했다. 그러자 마리는 자기는 나를 사
랑하는데 정작 나는 그 점에 관해 아무것도 알지 못하는
게 아닌가 싶다고 혼잣말을 했다. 그러고 나서 그녀는
또다시 잠깐 침묵하다가 내가 기묘한 사람이며, 아마도
자기가 지금은 그 점 때문에 나를 사랑하지만, 어쩌면 바
로 그 점 때문에 언젠가는 내게 혐오감을 느끼게 될지도
모르겠다고 했다. 내가 아무 말도 덧붙이지 않고 가만히
있자 그녀는 미소를 지으며 내 팔을 잡았다. 그리고 또렷
이 나와 결혼하고 싶다고 말했다. 나는 그녀가 원하면
우리는 언제든 결혼할 수 있다고 대답했다. 그러고 나서
사장이 내게 했던 제안을 그녀에게 들려주었다. 마리는
파리에 가봤으면 좋겠다고 했다. 나는 한때 파리에 살았
던 적이 있다고 말했다. 그러자 마리는 파리는 어떤 곳이
냐고 물었다. 〈지저분해. 사방에 비둘기들이 있고 마당
들은 시꺼메. 사람들은 허여멀겋고〉라고 나는 대답했다.
　　그런 다음 우리는 시내로 나가 여기저기 대로를 거닐
었다. 여자들이 아름다웠다. 나는 마리에게 그 사실을 눈
여겨보았는지 물어보았다. 그녀는 그렇다고, 그리고 나
를 이해한다고 했다. 그러고 나서 우리 둘의 대화는 잠시
끊어졌다. 그래도 어쨌든 나는 마리가 나와 함께 있기를
바랐기 때문에 셀레스트의 식당에 가서 같이 저녁을 먹

겠느냐고 했다. 그러고는 싶지만 할 일이 있단다. 집 근
방에 이르렀기 때문에 나는 마리에게 잘 가라고 인사했
다. 그러자 마리는 나를 쳐다보며 물었다. 「내가 할 일이
뭔지 알고 싶지 않아?」 물론 알고는 싶지만, 미처 그걸
물어볼 생각은 안 했는데. 마리는 바로 그 점을 탓하는
표정이었다. 그러나 내가 난처한 얼굴이 되는 걸 보고 그
녀는 또다시 웃었다. 그러더니 나를 향해 몸 전체를 기울
이며 입술을 내밀었다.

　나는 셀레스트의 식당에서 저녁을 먹었다. 이미 내가
식사를 시작했을 즈음 기묘한 행색의 자그마한 여자 하
나가 식당에 들어와서는, 내게 같은 테이블에 앉아도 되
겠느냐고 물었다. 물론이지요, 그러세요. 여자의 동작은
유연성이라곤 없이 뚝뚝 끊어졌고 눈은 사과형의 작은
얼굴 위에서 번쩍거렸다. 여자는 재킷을 벗고 자리에 앉
더니 열에 들뜬 사람처럼 차림표를 훑어보았다. 그리고
셀레스트를 불러서는 매우 또렷하고도 성급한 목소리로
자신이 먹을 음식들을 그 자리에서 한꺼번에 주문했다.
전채가 나오기를 기다리는 동안 그녀는 가방을 열고 네
모난 종잇조각과 연필을 꺼내 밥값을 미리 계산했다. 그
러고 나서 주머니에서 팁까지 포함한 정확한 액수의 돈
을 꺼내 자기 앞에 놓았다. 그때 그녀가 주문한 전채가
나왔고 그녀는 그것을 전속력으로 먹어 치웠다. 여자는
다음 요리가 나오기를 기다리는 사이 또다시 가방에서

푸른색 연필과 한 주간의 라디오 프로그램을 소개하는 잡지 한 권을 꺼냈다. 그녀는 거의 모든 방송 프로그램에 정성 들여 체크를 했다. 잡지가 열두 쪽 남짓 되었으므로, 그녀는 식사하는 내내 꼼꼼하게 그 일을 했다. 내가 식사를 다 끝낸 후에도 여자는 여전히 골몰하여 그러고 있었다. 그러더니 느닷없이 자리에서 일어나 다시 예의 자동인형 같은 정확한 동작으로 재킷을 입은 후 식당에서 나갔다. 나는 할 일이 아무것도 없었으므로 덩달아 식당 밖으로 나와 잠시 그녀가 간 방향으로 걸었다. 여자는 보도 변에 있었다. 그녀는 옆을 보거나 뒤를 돌아보지 않은 채, 믿기지 않을 정도의 속도와 확신을 보이며 자기 길을 갔다. 나는 결국 그녀의 행방을 놓치고 내가 서 있던 자리로 되돌아오고 말았다. 이상한 여자라고 생각하긴 했지만, 이내 그녀 일은 잊어버렸다.

　방문 앞에 이르렀을 때, 나는 거기 서 있는 살라마노 영감을 발견했다. 나는 그보고 들어오라고 했다. 살라마노는 내게 개를 영영 잃어버렸다는 사실을 알렸다. 개가 계류장에 없었던 것이다. 계류장 사람들 말로는 개가 아마도 차에 치였을 거래요. 경찰서에 가면 개가 차에 치였는지 알 수 있느냐고 물어봤더니, 그렇게 허구한 날 일어나는 일들은 일일이 기록해 두지 않는다지 뭐요……. 나는 살라마노 영감에게 다른 개를 구할 수도 있지 않겠느냐고 했다. 하지만 영감은 자신이 익숙한 것은 그 개라는 점을 내게 일깨웠다. 맞는 말이었다.

나는 침대 위에 웅크리고 있었고, 살라마노는 테이블 앞 의자에 나를 마주 보고 앉아 두 손을 무릎 위에 올려 놓고 있었다. 오래된 펠트 천 모자를 버리지 않고 쓰고 있는 노인은, 노리끼리한 콧수염 아래로 말끝을 다 맺지 않고 우물거렸다. 나는 약간 지루했지만, 딱히 할 일도 없었고 졸리지도 않았다. 그래서 무슨 말이라도 해야겠다 싶어 개에 대해 이것저것 물었다. 영감은 아내가 죽고 난 후에 그 개를 기르게 됐다고 대답했다. 그는 결혼을 꽤 늦게 한 편이었다. 젊은 시절엔 연극이 하고 싶었더랬다. 군대 있을 때는 군인들이 올린 희극에도 출연했다. 하지만 결국 철도국에 취직했고, 그 점엔 후회가 없다. 그 덕에 지금은 약간의 연금도 있으니까. 아내하고 살면서 행복하지는 않았다. 하지만 전체적으로 봤을 때 아내에게 잘 적응했던 셈이다. 그녀가 죽고 나니 매우 고독했다. 그래서 작업반 동료에게 개를 한 마리 달라고 부탁했다. 그렇게 해서 아주 어린 그 개를 얻게 되었다. 첨엔 녀석에게 젖병으로 우유를 먹여야 했다. 하지만 개는 사람보다 오래 살지 못하니, 결국엔 둘 다 함께 늙어 가는 처지가 되고 만 것이었다. 〈그놈은 성격이 나빴지. 때로는 주둥이에 망을 씌워야 하기도 했으니까. 하지만, 어쨌든 따지고 보면 좋은 개였다오〉라고 영감은 말했다. 나는 그 개의 혈통이 좋았다고 말해 주었다. 그러자 영감은 흡족한 표정이 되어 덧붙였다. 「그뿐인가, 그 개가 병에 걸리기 전을 못 보셨지? 녀석한테서 제일 멋진 게 그 털이었소.」 개가 피부병에 걸린 후로 살라마노는 매일 아침저녁 개에게 연고를 발라 주었다. 하지만 그의 생각에 따르면, 개의 진짜 병은 바로 늙는다는 것이었다. 늙음에는 약이 없는 것이다.

그때 나는 하품을 했다. 그러자 노인은 이제 가봐야겠다고 했다. 나는 더 있어도 된다고, 또 그의 개한테 일어난 일로 나도 마음이 언짢다고 이야기했다. 살라마노는 고마워했다. 그리고 엄마가 자기 개를 무척 귀여워했다고 했다. 엄마 얘기를 할 때 그는 엄마를 〈가엾은 어머님〉이라고 불렀다. 그는 엄마가 죽은 뒤로 내가 무척 불행할 것이 틀림없다는 짐작을 그런 식으로 내비쳤다. 나는 아무 대답도 하지 않았다. 그러자 노인은 어색한 태도로, 동네에서는 내가 엄마를 양로원에 보낸 일 때문에 나를 좋지 않게 봤지만 자기는 내 사람 됨됨이와 내가 엄마를 무척 사랑했다는 사실을 잘 알고 있다고, 아주 빠른 말투로 덧붙였다. 나는, 나 자신도 왜 그런 말을 했는지 잘 모르겠지만, 지금까지 사람들이 그 점에 관해 나를 나쁘게 생각하고 있다는 것을 전혀 몰랐다, 하지만 간병할 만한 돈이 없는 나로서는 엄마를 양로원에 보내는 일이 당연한 수순으로 여겨졌다고 대답했다. 〈게다가 어머니는 퍽 오래전부터 저와 아무 이야기도 나누지 않으셨습니다. 혼자서 적적해하셨어요〉라고 덧붙여 설명했다. 〈그렇지요, 그리고 적어도 양로원에서는 친구들을 사귈 수 있잖소〉 하고 노인이 응답했다. 그러고는 이만 실례하겠다고 했다. 「가서 자야겠소. 내 생활에도 이제 변화랄 게 생겼는데, 앞으로 어찌해야 좋을지 잘 모르겠구려.」 그러면서 노인은 내가 그를 안 지 처음으로 슬쩍 손을 내밀었다. 나는 그의 살갗의 까칠한 촉감을 느꼈다. 살라마노는 약간 미소를 지었다. 그리고 방을 나서기에 앞서 나를 향해 이렇게 말했다. 「오늘 밤은 개들이 짖지 않았으면 좋겠는데. 그러면 난 꼭 그게 내 개인 것 같아서 말이지요.」

# 6

일요일에는 잠자리에서 눈을 뜨기가 좀처럼 쉽지 않았다. 그 때문에 마리는 내 이름을 부르며 나를 흔들어 깨워야만 했다. 우리는 아침 일찍 수영을 하러 갈 예정이었기 때문에 따로 식사를 하지 않았다. 나는 나 자신이 완전히 텅 비어 있는 느낌이었고 머리가 조금 아팠다. 담배 맛이 썼다. 마리는 내가 〈초상집 얼굴〉을 하고 있다며 놀렸다. 그녀는 흰 천으로 만든 원피스를 입고 머리를 길게 늘어뜨리고 있었다. 예쁘다고 하자 그녀는 좋아서 웃었다.

아래로 내려가는 길에 레몽의 방문을 두드렸다. 레몽은 곧 내려가겠다고 대답했다. 거리에 나서니, 피로하기도 하고 방 블라인드를 줄곧 내려 두었던 탓도 있어 이미 한창인 햇빛이 마치 내 따귀를 갈기는 듯한 느낌이 들었다. 마리는 뛸 듯이 기뻐하며 날씨가 너무 좋다고 연신 감탄했다. 나는 기분이 조금 나아졌고, 그제야 배고프다는 사실을 깨달았다. 하지만 내가 마리에게 그 말을 하자, 그녀는 방수 천으로 만든 자신의 가방 속을 보여 주었다. 거기엔 달랑 우리의 수영복 두 벌과 수건 한 장만이 들어 있었다. 그냥 그 상태로 기다리는 수밖에 없었다. 그때 레몽이 방문을 잠그는 소리가 났다. 그는 푸른색 바지에 흰색 반소매 셔츠를 입고 있었지만, 그 위에 밀짚모자를 쓰고 있어 마리를 웃게 만들었다. 게다가 팔뚝은 검은 털과 대조적으로 무척 희어서 내게 약간의 혐오감을 불러일으켰다. 그는 매우 만족스러운 표정으로 휘파람을 불며 층계를 내려왔다. 그리고 내게 〈친구, 안녕〉이라고 인사를 건넸고 마리를 〈아가씨〉라고 불렀다.

그 전날, 레몽과 나는 함께 경찰서에 들렀다. 나는 레몽의 여자가 그를 〈배신〉했다고 증언했고, 레몽은 경고 조처를 받고 무사히 풀려났다. 경찰서에서는 내 진술의 진위를 따로 확인하지 않았다. 문 앞에서 우리는 레몽과 그 일에 관한 얘기를 잠깐 나눈 다음, 이윽고 버스를 타고 가기로 결정했다. 해안이 그리 먼 건 아니지만, 그렇게 하면 좀 더 빨리 갈 수 있을 테니까. 우리가 그처럼 일찌감치 도착하는 걸 보면 친구가 좋아하리라는 게 레몽 생각이었다. 그러면서 우리가 막 출발하려던 참이었다. 레몽이 갑자기 내게 저 앞을 보라는 신호를 보냈다. 저만치 여러 명의 아랍인들이 담배 가게 진열창에 등을 기대고 서 있는 것이 보였다. 그들은 아무 말도 없이, 마치 돌이나 죽은 나무를 바라보는 듯한 태도로 우리를 쳐다보고 있었다. 레몽은 왼쪽에서 두 번째가 바로 문제의 녀석이라고 말해 주었다. 레몽은 신경이 온통 그리로 쏠린 듯 보였지만, 그래도 어쨌든 이젠 다 끝난 얘기라고 덧붙였다. 무슨 일인지 자초지종을 몰랐던 마리는 우리에게 왜 그러느냐고 물었다. 나는 마리에게 저 아랍인들이 레몽을 눈독 들이고 있다고 대답했다. 그 말에 마리는 얼른 그 자리를 뜨고 싶어 했다. 다시 몸을 일으켜 세운 레몽이 웃으며 빨리 서두르자고 했다.

우리는 약간 멀리 떨어진 버스 정류장을 향해 걸었다. 레몽은 내게 아랍인들이 우리 뒤를 쫓아오지는 않는다고 일러 주었다. 나는 뒤를 돌아보았다. 그들은 줄곧 같은 자리에 모여 서서 똑같이 무심한 태도로 방금 우리가 떠나온 장소를 쳐다보고 있었다. 우리는 버스에 올랐다. 완전히 마음을 놓은 레몽은 마리를 위해 끊임없이 농담을 늘어놓았다. 보아하니 레몽은 마리가 마음에 드는 것 같았다. 하지만 마리는 레몽의 말에 거의 대답하지 않고 이따금씩 그를 보며 웃기만 했다.

우리는 알제 교외에서 버스를 내렸다. 해안은 버스 정류장에서 그리 멀지 않았지만, 내려다보이는 바다를 따라 아래로 이어지는 작은 고원을 하나 넘어야만 다다를 수 있었다. 이미 완강하게 여문 푸른 하늘 아래로 고원은 노리끼리한 돌들과 새하얀 수선화들로 덮여 있었다. 마리는 자기의 방수 천 가방을 세게 휘둘러 수선화 꽃잎을 이리저리 흩날리게 하는 장난을 치면서 놀았다. 우리는 초록색이나 흰색 담장을 두른 채 열 지어 선 작은 빌라들 사이로 걸어갔다. 어떤 빌라들은 베란다까지 타마리스크 가지들에 파묻혀 있었는가 하면, 또 다른 빌라들은 돌 틈 한가운데에 휑하니 드러나 있었다. 고원의 가장자리까지 가지 않아도 이미 미동조차 하지 않는 바다와 또 더 멀리 투명한 물에 잠겨 졸고 있는 육중한 곶이 보였다. 조용한 공기를 가르고 우리 있는 데까지 가벼운 모터 소리가 들려왔다. 아주 멀리, 눈부시게 빛나는 바다 위에서 작은 고깃배가 조금씩 조금씩 앞으로 나아가고 있었다. 마리는 붓꽃을 몇 송이 꺾었다. 바다 쪽으로 내려가는 사면에 벌써 얼마간의 수영객들이 모여 있는 것이 눈에 띄었다.

레몽의 친구는 해변의 맨 끝자락에 위치한 작은 나무 오두막집에 살고 있었다. 오두막의 뒷면은 바위들과 면해 있었고 집 앞을 받치고 있는 기둥들은 이미 밀물에 잠긴 채였다. 레몽이 우리를 소개했다. 그의 친구의 이름은 마송이었다. 마송은 키가 크고 몸체와 어깨가 떡 벌어진 사내였고, 통통하고 작은 그의 아내는 상냥한 태도에 파리 말씨를 썼다. 마송은 이내 우리에게 맘 편히 있으라고 권하며 그날 아침에 잡은 물고기를 튀겨 놓았다고 말했다. 나는 그의 집이 정말 예쁘다고 칭찬했다. 마송은 자기는 토요일과 일요일은 물론이고 휴가 때마다 그리로 와서 지낸다고 했다. 〈우리 집사람이랑은 뜻 맞추기가 쉬워서〉라고 그는 덧붙였다. 때마침 그의 아내는 마리와 어울려 웃고 있었다. 아마도 그때가 처음이었을 것이다. 드디어 내가 결혼하게 되려나 보다고 실감한 것이 말이다.

마송은 헤엄치러 나가려 했지만 그의 아내와 레몽은 집에 남아 있고 싶어 했다. 그래서 우리는 셋이서만 해안으로 내려갔다. 마리는 즉시 물속으로 뛰어들었다. 마송과 나는 약간 뜸을 들였다. 마송의 말투는 느렸다. 나는 그에게 말끝마다 〈뿐만 아니라〉라는 말을 덧붙이는 버릇이 있음을 알아챘다. 심지어, 따지고 보면 그 말뜻에 달리 첨가되는 의미가 전혀 없는 경우에도 말이다. 가령 마리에 관해 그는 이렇게 말했다. 「멋있고, 뿐만 아니라, 매력적인 여자로군.」 그다음엔 나는 더 이상 그의 말버릇에 주의를 기울이지 않게 되었다. 태양이 나를 기분 좋게 해주는 것을 느끼느라 그런 데 신경 쓸 겨를이 없었기 때문이다. 발밑의 모래가 달아오르기 시작했다. 나는 물속에 들어가고 싶은 마음을 한 차례 더 누르다가, 결국 마송에게 〈이제 가볼까?〉라고 말하고 말았다. 그리고 물속으로 들어갔다. 마송은 천천히 물로 향하다 발이 바닥에 닿지 않는 지점에 이르러서야 몸을 물속에 던졌다. 그는 좀 서투른 솜씨로 평영을 했다. 그래서 나는 그를 남겨 두고 마리 쪽으로 갔다. 물은 차가웠고, 나는 헤엄치는 것이 만족스러웠다. 나는 마리와 함께 멀리까지 헤엄쳐 갔다. 우리는 몸의 움직임과 마음의 만족감 그 모두에서 서로 일치하고 있음을 느꼈다.

마리와 나는 먼바다로 나가 물에 몸을 띄웠다. 하늘을 향해 얼굴을 돌리자 태양이 내 얼굴을 적신 물의 마지막 너울을 걷어 내렸다. 그러자 물은 내 입속으로 흘러들었다. 우리는 마송이 다시 해변으로 돌아가 햇볕 아래 드러눕는 것을 보았다. 멀리서 보니 그는 정말 거대해 보였다. 마리가 함께 헤엄치자고 했다. 나는 마리 뒤에서 그녀의 허리를 잡았다. 그런 다음 마리가 팔을 움직여 앞으로 나아가기 시작했다. 나는 뒤에서 그녀를 도와 발차기를 했다. 아침나절의 물 차는 소리가 여리게 우리 뒤를 좇았고, 나는 마침내 피곤해졌다. 그래서 마리를 놓아주고 다시 호흡을 가다듬으며 규칙적으로 헤엄쳐 해변으로 돌아왔다. 해변으로 올라온 나는 마송 곁에 배를 깔고 누워 얼굴을 모래 속에 파묻었다. 그리고 마송에게 〈좋은데〉라고 말했다. 마송은 자기도 그렇게 생각한다고 했다. 얼마 지나지 않아 마리도 우리 쪽으로 왔다. 나는 몸을 돌려 그녀가 다가오는 모습을 바라보았다. 마리의 몸은 온통 소금물로 뒤덮여 미끈거렸고, 머리칼은 뒤로 젖혀져 있었다. 그녀는 나와 서로 옆구리를 맞대고 누웠다. 그녀의 몸과 태양에서 발산되는 이중의 열기로 인해 나는 잠깐 잠이 들었다.

마리가 나를 흔들어 깨우며 마송이 자기 집으로 다시 올라갔다고, 이제 점심 먹어야 할 시간이라고 말했다. 나는 배가 고팠기 때문에 얼른 자리에서 일어났지만, 마리는 내가 오늘 아침부터 한 번도 자기에게 입맞춰 주지 않았다고 했다. 그건 사실이었고, 게다가 나도 마리에게 입맞추고 싶었다. 〈물속으로 가〉 하고 마리가 말했다. 우리는 바다를 향해 달음질쳐 낮게 일렁이는 맨 앞의 파도에 닿자마자 몸을 날렸다. 우리는 몇 차례 평영으로 헤엄쳤다. 마리가 내 몸에 꼭 달라붙었다. 그녀의 다리가 내 다리를 감싸는 것이 느껴졌다. 그녀와 하고 싶었다.

집으로 돌아왔을 때는 이미 마송이 우리를 찾고 있는 중이었다. 내가 무척 배가 고프다고 하자 마송은 이내 자기 아내를 돌아보며 내가 마음에 든다고 했다. 빵은 맛이 좋았다. 나는 내 몫의 생선을 단숨에 먹어 치웠다. 생선을 먹고 난 다음에는 고기와 감자튀김이 나왔다. 모두들 아무 말 않고 식사만 했다. 마송은 종종 포도주를 마시면서 내게도 끊임없이 술을 권했다. 커피를 마실 무렵이 되자 나는 머리가 약간 무거워져서 담배를 많이 피웠다. 마송과 레몽, 그리고 나는 서로 비용을 분담하여 8월 내내 해변에서 함께 지내면 어떨까 하는 의논을 했다. 그때 불쑥 마리가 끼어들어 말했다. 「지금이 몇 신줄 알아요? 11시 30분이에요.」 우리는 다들 놀랐다. 하지만 마송이 점심 식사를 굉장히 일찍 한 건 맞지만, 배고픈 시간이 곧 밥 먹는 시간이니 그건 당연한 거라고 했다. 나는 왜 그 말이 마리를 웃게 만들었는지 지금도 잘 모르겠다. 아마 마리가 술을 좀 지나치게 많이 마셔서 그랬던 것 같다. 그때, 마송이 나보고 함께 해안을 산책하지 않겠느냐고 제안했다. 「집사람은 점심을 먹고 나면 항상 낮잠을 자는데 난 그게 싫어서. 난 좀 움직여야 되더라고. 저 사람한테 걷는 편이 건강엔 더 낫다고 누누이 말하긴 하는데, 뭐 어쨌거나 자기 맘이지.」 마리는 집에 남아서 마송의 아내가 설거지하는 것을 돕겠다고 했다. 자그마한 파리 출신 여인은 그러려면 남자들은 전부 밖에 내보내야 한다고 했다. 그래서 우리 셋은 모두 거리로 나왔다.

태양은 모래밭을 향해 거의 수직으로 떨어졌다. 바다에 반사되는 햇빛은 참을 수 없을 정도로 강렬했다. 해변에는 이제 아무도 없었다. 고원 가장자리를 따라 바다를 굽어보며 늘어선 오두막집들에서 접시며 식기들을 씻는 소리가 났다. 지면에서 솟아오르는 돌의 열기 때문에 거의 숨을 쉴 수가 없을 지경이었다. 레몽과 마송은 내가 알지 못하는 일들이나 사람들에 관한 얘기부터 꺼냈다. 그 바람에 나는 그들이 알고 지낸 지 퍽 오래된 사이이며, 심지어 한때는 같이 산 적도 있다는 사실을 알게 되었다. 우리는 물가로 내려가 바다를 따라 걸었다. 이따금씩, 여느 파도보다 좀 더 긴 물살이 밀려들어 와 우리의 캔버스화를 적셨다. 나는 아무 생각도 하고 있지 않았다. 맨머리에 쏟아지는 태양 때문에 반쯤은 잠든 상태나 마찬가지였기 때문이다.

그때 갑자기 레몽이 마송에게 무슨 말인가를 했다. 내게는 그 말이 잘 들리지 않았다. 그와 동시에, 우리로부터 멀리 떨어진 해안 저 끝에서부터 푸른 작업복을 걸친 두 명의 아랍인이 우리 쪽으로 걸어오고 있는 것이 보였다. 나는 레몽을 바라보았다. 레몽이 〈그 자식이야〉라고 말했다. 우리는 계속 걸었다. 마송은 그들이 대관절 어떻게 여기까지 우리 뒤를 쫓아올 수 있었는지 모르겠다고 했다. 나는 그들이 우리가 비치백을 들고 버스를 타는 모습을 본 게 틀림없다고 생각했지만, 아무 말도 입 밖에 내지 않았다.

아랍인들은 천천히 걸어오고 있었는데도 어느덧 우리와 꽤 많이 가까워졌다. 우리는 우리대로 태도를 바꾸지 않았다. 하지만 레몽은 이렇게 말했다. 「만약 한판 하게 된다면 마송 너는 두 번째 녀석과 붙어. 나한테 용건 있는 녀석은 내가 상대할 테니까. 그리고 뫼르소, 또 다른 녀석이 나타나면 넌 그놈을 맡아.」〈알았어〉라고 나는 대답했다. 마송이 주머니에 두 손을 넣었다. 뜨겁게 달궈진 모래밭이 이제 내 눈엔 붉은색으로 보였다. 우리는 고른 발걸음으로 아랍인들을 향해 다가갔다. 우리 사이의 거리가 규칙적으로 좁혀졌다. 두 무리 사이의 거리가 불과 몇 걸음의 보폭으로 좁혀졌을 때 아랍인들이 멈춰 섰다. 마송과 나는 발걸음을 늦췄다. 레몽이 곧장 자기 상대를 향해 걸어갔다. 그가 아랍인에게 뭐라고 하는지는 들리지 않았으나, 아랍인은 레몽을 머리로 치받는 시늉을 했다. 그러자 레몽이 처음으로 그를 한 대 쳤다. 그러고 나서 곧장 마송을 불렀다. 마송은 미리 자기가 맡기로 했던 사내를 향해 다가가 그를 두 차례 힘껏 때렸다. 아랍인은 물속에 머리를 박고 넘어졌다. 그는 그 상태로 몇 초간 쓰러져 있었다. 그의 머리 주변으로 수면에서 물거품이 터져 나왔다. 그러는 사이 레몽도 제 상대를 때리고 있었다. 아랍인의 얼굴이 피로 물들었다. 레몽이 내 쪽을 보며 말했다. 「이 녀석이 이제 무슨 값을 치르게 되나 보라고.」 그때 나는 레몽을 향해 외쳤다. 「조심해, 녀석이 칼을 갖고 있어!」 하지만 레몽은 이미 팔을 베이고 입에도 상처를 입고 말았다.

마송이 펄쩍 앞으로 달려들었으나 늦었다. 또 다른 아랍인은 이미 바닥에서 일어나 칼을 든 동료 뒤로 몸을 숨긴 뒤였다. 우리는 꼼짝달싹하지 않았다. 아랍인들은 우리에게서 눈을 떼지 않은 채 칼로 위협하며 천천히 뒤로 물러섰다. 충분한 거리를 확보하기 무섭게 그들은 쏜살같이 달아났다. 그사이 우리는 태양 아래 못 박힌 듯 미동도 하지 않고 서 있었다. 레몽은 핏방울이 떨어지는 팔을 꽉 쥐고 있었다.

마송이 대뜸 일요일마다 고원으로 왕진 오는 의사가 있다고 말했다. 레몽은 곧장 그리로 가고 싶어 했다. 하지만 그가 말을 할 때마다 입가의 상처에서 흘러나오는 피가 거품이 되어 부글거렸다. 우리는 레몽을 부축하고 발걸음을 재촉해 오두막으로 되돌아왔다. 오두막에 이르자 레몽은 상처가 그다지 깊지 않으니 의사를 보러 갈 수 있다고 했다. 그는 마송과 함께 떠났고 나는 집에 남아 여자들에게 무슨 일이 일어났는지 경위를 설명했다. 마송의 아내는 울음을 터뜨렸고 마리는 얼굴이 매우 창백해졌다. 나로서는, 여자들에게 주저리주저리 설명을 늘어놓는 것이 지겨웠다. 나는 결국 입을 다물고 바다를 바라보며 담배를 피웠다.

1시 30분쯤, 레몽이 마송과 함께 집으로 돌아왔다. 그는 팔에 붕대를 감고 입가에 반창고를 붙이고 있었다. 의사가 별것 아니라 했다지만 레몽의 표정은 몹시 어두웠다. 마송이 그를 웃겨 보려고 해도 그는 여전히 묵묵부답이었다. 그리고 잠시 후 해변으로 내려가겠다고 했다. 나는 해변 어디로 가려는 거냐고 물었다. 마송과 내가 함께 가겠다고 하자 레몽은 화를 내며 우리에게 욕을 퍼부었다. 마송이 레몽 뜻을 거스를 수는 없다고 했으나, 나는 그래도 레몽을 따라나섰다.

우리는 오랫동안 해변을 걸었다. 이제 태양은 거의 우리를 으스러뜨릴 기세로 모래와 바다 위에 산산이 흩어져 내렸다. 당시 나는 레몽이 스스로 어디로 가고 있는지 스스로 잘 알고 있다고 생각했는데, 어쩌면 그것이 틀린 인상이었는지도 몰랐다. 우리는 마침내 해변의 끝에 다다랐다. 그곳의 커다란 바위 뒤 모래 틈으로부터 작은 샘물 줄기가 흘러내리고 있었다. 우리는 아까 맞닥뜨렸던 두 명의 아랍인을 거기서 발견했다. 아랍인들은 기름때 묻은 작업복을 입은 채로 누워, 너무나 평온해서 거의 만족감에 잠긴 듯 보이는 표정을 하고 있었다. 우리가 나타났다는 사실도 그들에겐 아무런 변화를 일으키지 않았다. 레몽을 공격했던 아랍인은 아무 말 없이 그를 바라보았다. 다른 아랍인은 작은 갈대 피리를 불어 댔다. 그는 우리를 곁눈질해 가며 악기에서 낼 수 있는 세 개의 음을 계속 되풀이했다.

그러는 내내 우리 주변에는 태양과 침묵, 그리고 희미한 샘물 소리와 피리로 내는 그 세 개의 음정만이 맴돌았다. 이윽고 레몽이 주머니에서 권총을 꺼냈다. 상대방은 꼼짝도 하지 않았다. 그 둘은 줄곧 서로를 응시했다. 나는 피리를 불고 있는 아랍인의 발가락 사이사이가 매우 벌어져 있다는 사실이 눈에 들어왔다. 하지만 그때 레몽이 자기 적수로부터 눈을 떼지 않은 채 내게 물었다. 「저 자식을 공격할까?」 그러지 말라고 하면 레몽이 제풀에 흥분해서 틀림없이 총을 쏘고 말리라는 생각이 들었다. 나는 그냥 이렇게 말했다. 「녀석이 아직 너에게 뭐라고 한 것도 아닌데 총을 쏘면 비겁한 행위가 돼버려.」 그렇게 해서 우리는 침묵과 열기 사이로 흐르는 희미한 샘물 소리와 피리 소리를 한 차례 더 들어 넘겼다. 이윽고 레몽이 말했다. 「그렇다면 내가 녀석에게 욕을 하겠어. 저 녀석이 대꾸를 하면, 그때 공격할 테야.」 그 말에 내가 대답했다. 「바로 그거야. 하지만 녀석이 칼을 꺼내지 않는 한 너는 총을 쏠 수 없다고.」 그러자 레몽은 약간 흥분하기 시작했다. 또 다른 아랍인은 여전히 피리를 불고 있었다. 그리고 그 둘 다 레몽의 일거수일투족을 살폈다. 내가 말했다. 「안 되겠다. 레몽 넌 남자답게 녀석과 맞붙고, 그 총은 내게 넘겨. 만약 또 다른 녀석이 끼어든다든지 저 녀석이 칼을 휘두르면, 그땐 내가 놈을 쓰러뜨릴게.」

레몽이 내게 권총을 넘기는 순간, 태양이 그 위로 미끄러지듯 옮겨 왔다. 그러나 마치 주변의 모든 것이 다시 봉인되어 버리기라도 한 것처럼, 여전히 아무도 꼼짝하지 않았다. 우리는 눈을 내리깔지 않고 서로를 주시했다. 모든 것이 여기, 바다와 모래, 태양, 그리고 피리와 물이 만들어 내는 이중의 침묵 사이에서 멈춰 섰다. 나는 그 순간이 바로 총을 쏘느냐 마느냐의 갈림길이라고 생각하고 있었다. 그런데, 돌연 아랍인들이 뒷걸음질을 쳐 바위 뒤로 사라져 버렸다. 상황이 그렇게 된 이상 레몽과 나는 다시 원래 자리로 돌아왔다. 레몽은 한결 기분이 나아 보였다. 그는 되돌아갈 버스편 얘기를 꺼냈다.

나는 오두막집까지 레몽과 동행했다. 하지만, 그가 나무 계단을 오르는 동안 나는 첫 번째 계단 앞에 그대로 머물러 있었다. 태양 때문에 머리가 쩡쩡 울리다시피 했고, 가까스로 나무 계단을 올라 다시 여자들과 대면할 일을 생각하니 절로 기운이 빠졌다. 반면 태양의 열기 또한 어찌나 맹렬한지, 하늘에서 쏟아지는 그 눈멀 듯한 뙤약볕을 맞으며 가만히 참고 서 있는다는 것도 고통스럽기는 마찬가지였다. 그 자리에 있으나 자리를 뜨나 결국은 똑같았다. 잠시 후 나는 다시 해변을 향해 걷기 시작했다.

붉은 반사광의 기세는 여전했다. 바다는 헐떡거리며 전력을 다해 모래 위로 작은 파도들의 밭고도 숨막히는 호흡을 밀어냈다. 나는 천천히 바위 더미 쪽으로 걸었다. 태양 아래서 이마가 부풀어 오르는 듯한 느낌이 들었다. 열기 전체가 나를 짓누르며 내가 앞으로 나아가는 것을 막아섰다. 열기의 뜨겁고 거대한 입김이 얼굴 위로 느껴질 때마다 나는 이를 악물고 바지 주머니 속의 주먹을 꽉 쥔 채, 태양과 태양이 내게 쏟아붓는 이 뚫을 수 없는 취기를 이겨 내기 위해 온몸을 긴장했다. 모래밭에서, 새하얀 조가비나 깨진 유리 조각에서, 빛의 검이 솟구쳐 오를 때마다 내 턱은 부르르 경련했다. 나는 오랫동안 걷고 또 걸었다.

저만치, 빛과 바다의 먼지가 만들어 내는 눈부신 훈영에 에워싸인 작고 어슴푸레한 바위 더미가 보였다. 나는 그 바위 뒤에 흐르던 신선한 샘물을 떠올렸다. 졸졸 흐르는 그 샘물 소리를 다시 듣고 싶었다. 태양과 힘든 노력과 여자의 울음소리를 피하고 싶었다. 한마디로, 그늘과 그늘이 주는 휴식을 되찾고 싶었다. 한데, 좀 더 가까이 다가갔을 때 나는 그 자리에 레몽을 노렸던 아랍인이 되돌아와 있는 것을 발견했다.

그는 혼자였다. 땅에 등을 깔고 누워 두 손을 목덜미 아래 괸 채 쉬는 중이었다. 그의 이마는 바위 그늘에 놓여 있었고 몸의 나머지 부분은 태양 아래 드러나 있었다. 열기 때문에 그의 작업복에서 김이 피어올랐다. 나는 약간 흠칫했다. 내게 아까의 사건은 다 지나간 얘기에 불과했고, 따라서 나는 아무 생각 없이 그 자리로 온 것이기 때문이었다.

아랍인은 나를 보자마자 약간 몸을 일으키면서 주머니에 손을 집어넣었다. 자연히 나도 내 웃옷 주머니에 들어 있는 레몽의 권총을 꽉 쥐었다. 그걸 보자 그는 다시 뒤로 물러섰지만, 주머니에서 손을 빼지는 않았다. 나는 그에게서 꽤 멀리, 한 10미터쯤 떨어져 있었다. 반쯤 감긴 눈꺼풀 아래에서 움직이는 그의 시선을 간혹 알아챌 수 있었지만, 대체로 그의 모습은 내 눈앞의 불붙는 듯한 공기 속에서 춤추듯 흔들렸다. 파도 소리는 정오 때보다 한층 더 느리고 완만해졌다. 아까와 똑같은 태양, 똑같은 모래 위의 똑같은 빛이 그곳까지 이어져 들어왔다. 낮이 더 이상 꿈쩍하지 않은 지 벌써 2시간이나 되었다. 2시간 동안이나 낮은 끓어넘치는 금속의 대양 속에 닻을 던지고 있는 중이었다. 줄곧 아랍인에게서 눈을 떼지 않고 있었던지라, 나는 수평선으로 작은 증기선이 지나가는 것을 대략 내 시선 끝에 잡히는 검은 점의 형태로 읽어 냈다.

그냥 그 자리에서 뒤돌아서기만 하면 모든 게 쉽게 끝나리라는 생각이 내 머리를 스쳤다. 그런데, 태양으로 전율하는 해변 전체가 뒤에서 나를 압박했다. 나는 샘을 향해 몇 발자국 떼었다. 아랍인은 미동도 하지 않았다. 어쨌거나 그는 아직 상당히 먼 거리에 있었다. 얼굴에 드리워진 그림자 때문인지 그의 표정은 웃고 있는 것처럼 보였다. 나는 기다렸다. 태양의 뜨거운 기운이 뺨에 와 닿았다. 나는 눈썹에 땀방울이 맺히는 것을 느꼈다. 엄마의 장례를 치르던 날과 똑같은 태양이었다. 그날과 마찬가지로 나는 특히 이마가 지끈거리며 아팠고, 피부 밑에서 머리의 혈관 전체가 한꺼번에 쿵쿵거리며 때리는 것 같았다. 더 이상 참을 수 없는 그 뜨거움 때문에 나는 앞으로 한 발짝 움직였다. 나도 그것이 어리석은 행동임을, 그러니까 한 발짝 자리를 옮긴다고 해서 태양을 벗어날 수는 없다는 것을 알고 있었다. 그런데도 나는 한 걸음을, 딱 한 걸음을 내딛고 말았다. 그러자, 아랍인이 여전히 자리에 누운 채로 칼을 빼 들었다. 그는 태양의 한복판에서 칼을 들어 내 쪽으로 향했다. 단검 위에서 빛이

분출했다. 번쩍이는 길디긴 빛의 날이 내 이마를 강타했다. 그 순간 눈썹에 모여 있던 땀이 단숨에 흘러내리며 내 두 눈꺼풀을 미지근하면서도 두터운 너울로 덮어씌웠다. 그 눈물과 소금의 장막 뒤에서 내 눈은 멀어 버렸다. 이제 내가 느낄 수 있는 것이라곤 이마에서 울려 대는 태양의 심벌즈 소리, 그리고 그것에 가세한 정면의 단검이 뿜어 대는 번쩍이는 빛의 칼날뿐이었다. 그 뜨거운 검이 내 속눈썹을 파고들어 고통에 사로잡힌 눈을 후볐다. 그러자 모든 것이 흔들렸다. 바다로부터 짙고 뜨거운 숨결이 실려 왔다. 내게는 마치 하늘이 통째로 열리면서 비오듯 불을 내리붓는 것 같았다. 나의 존재 전체가 송두리째 팽팽하게 긴장했다. 나는 경련을 일으키며 권총을 쥔 손에 발작적으로 힘을 주었다. 방아쇠가 굴복하고, 나는 권총 손잡이의 매끈한 배를 건드렸다. 그리고 모든 것이 거기서부터, 무미건조한 동시에 귀를 찢는 듯한 그 소리와 함께 시작되었다. 나는 땀과 태양을 떨쳐 버렸다. 나는 내가 방금 낮의 균형을, 스스로 행복감을 느꼈던 해변의 그 예외적인 고요를 파괴했다는 것을 깨달았다. 그리하여 나는 꼼짝하지 않는 아랍인의 몸에 대고 또다시 네 발을 더 쏘았다. 총알들은 바깥으로 흔적을 드러내는 대신 몸뚱이 깊숙이 박혀 들었다. 그 네 발의 총성이 내게는 불행의 문을 두드리는 네 번의 짧은 노크와도 같았다.

제2부

# 1

체포된 후 나는 곧바로 여러 번에 걸쳐 조사를 받았지만, 그것들은 신분 조회 절차에 불과해서 그다지 오래 걸리지 않았다. 처음에 경찰서에서 내 사건에 주의를 기울이는 사람은 아무도 없었다. 그런데 일주일이 지나고 난 뒤에는, 애초와 달리 예심 판사가 나를 호기심 어린 태도로 지켜보게 되었다. 우선 그는 내 이름과 주소, 직업, 그리고 출생 일시와 장소를 물었다. 그다음엔 변호사를 선임했느냐고 했다. 나는 아니라고 한 후, 변호사를 반드시 세워야 하는지 물어보았다. 〈어째서 그걸 묻죠?〉라고 그는 말했다. 나는 내 사건이 매우 단순한 것이라 생각돼서 그런다고 대답했다. 그는 미소를 띠며 대답했다. 「그것도 하나의 견해가 될 순 있겠지만, 엄연히 법이란 게 있습니다. 만약 당신이 변호사를 따로 선임하지 않는다면 우리가 국선 변호사를 지정하게 될 것입니다.」 나는 재판부가 그런 세세한 사항까지 담당한다니, 퍽 편리하다고 생각했다. 그 생각을 예심 판사에게 말했더니 그도 내 말에 동의하면서 그로부터 법이 잘 만들어졌다는 결론을 끌어냈다.

처음만 해도 나는 예심 판사라는 사람을 그다지 심각하게 여기지 않았다. 그는 나를 커튼이 드리워진 방 안에 불러들였다. 나는 판사가 시키는 대로 그의 책상 위에 올려진 단 한 개의 램프가 비추는 소파에 앉았다. 판사는 어둠 속에 그대로 남아 있었다. 이런 장면과 비슷한 묘사를 책에서 이미 읽은 적이 있었던지라, 내게는 그 모든 것이 일종의 장난처럼 비쳤다. 하지만 대화가 끝나고 난 후에는, 처음과 반대로 나는 눈을 들어 그를 쳐다보지 않을 수 없었다. 내 눈에 섬세한 이목구비와 움푹 들어간 크고 푸른 눈, 긴 회색 콧수염과 거의 백발이 되다시피 한 숱 많은 머리칼을 가진 남자의 모습이 들어왔다. 그는 매우 이성적인 사람 같았다. 또, 이따금씩 입꼬리를 약간 끌어 당기는 신경질적인 버릇을 지니긴 했지만 어쨌든 친절한 사람으로 보였다. 심문이 끝나고 나오면서 나는 하마터면 그에게 손을 내밀어 악수를 청할 뻔했다. 그러나 다행히도 나는 내가 사람을 죽였다는 사실을 용케 제때에 기억해 냈다.

다음 날 변호사 한 명이 감옥으로 나를 찾아왔다. 그는 키가 작고 통통하고 꽤 젊어 보였으며, 정성 들여 빗어 붙인 머리 모양을 하고 있었다. 더위에도 불구하고

(나는 셔츠 바람이었다) 그는 어두운 색 양복을 입고 빳빳하게 풀 먹인 깃에 흑백의 굵은 줄무늬가 있는 이상한 넥타이를 맨 차림이었다. 변호사는 팔 밑에 끼고 온 서류 가방을 침대 위에 내려놓고 자기 소개를 한 다음, 내 서류를 이미 검토했다고 말문을 열었다. 당신 경우가 좀 까다롭긴 합니다. 하지만 나를 믿고 잘 따라만 준다면 틀림없이 재판을 이길 수 있으리라 봅니다. 나는 그에게 고맙다고 했다. 그러자 그는 〈그럼 곧장 본론으로 들어갑시다〉라고 말했다.

변호사는 침대에 걸터앉아서 내 사생활의 정보들이 입수되었다고 설명해 주었다. 최근에 엄마가 양로원에서 사망했다는 사실이 밝혀졌고, 그에 따라 마랑고에서 조사가 벌어졌다. 그 결과 예심단은 엄마의 장례식 날 〈내가 냉담한 태도를 보였다〉는 점을 알게 되었다는 것이다. 그러면서 변호사는 말을 이었다. 「알다시피 이런 질문을 한다는 자체가 좀 거북스러운 일입니다만, 이는 매우 중요한 사항입니다. 만약 내가 이 문제에 제대로 답변하지 못하면, 그것이 기소 시에 커다란 쟁점으로 불거질 수도 있으니까요. 그러니 협조 바랍니다.」 그러고는 내게 엄마 장례식 날 과연 슬픔을 느꼈는지 물었다. 이 질문에 나는 크게 놀랐다. 나라면 누군가에게 이런 질문을 던져야만 할 경우 지극히 난처해했을 것 같았다. 아무튼 나는, 스스로에게 질문을 던지는 습관을 약간은 잃어버린 나로서는 그 문제에 관해 뭐라 답하기가 힘들다고 말한 뒤 대답을 이어 갔다. 아마 나도 엄마를 무척 사랑할 것이다, 하지만 그 사실은 아무런 의미도 없다. 모든 정상적인 사람은 누구나 정도의 차이는 있을지언정 자신이 사랑하는 사람의 죽음을 바라기도 하지 않는가…….이 대목에서 변호사는 내 말을 잘랐다. 그는 몹시 불안스러운 태도를 보이며, 내게 공판장에서든 수석 판사 앞에서든 방금 같은 발언은 하지 않을 것을 다짐시켰다. 나는 내가 육체적 욕구 때문에 종종 감정이 교란되기도 하는 기질을 가진 사람이라는 것을 그에게 설명하려 했다. 엄마 장례식 날만 해도 나는 너무 피곤한 나머지 자고 싶은 생각뿐이었다, 그래서 주변에서 무슨 일이 일어나고 있는지 잘 파악하지 못했다, 어쨌든 확실히 말할 수 있는 것은, 엄마가 죽지 않았다면 더 좋았으리라 생각한다는 점이고……. 그러나 변호사는 그다지 만족한 눈치가 아니었다. 그는 내게 이렇게 말했다. 「그 정도로는 충분하지 않아요.」

변호사는 잠시 생각에 잠겼다. 그러더니 그날 내가 자연스러운 감정을 잘 다스렸다고 말할 수 있느냐고 질문했다. 나는 〈아니요, 그렇게 말한다면 거짓입니다〉라고 대답했다. 그는 묘한 태도로 나를 바라보았다. 변호사에게는 내가 약간의 혐오감을 불러일으키는 듯했다. 그는 거의 심술궂기까지 한 말투로, 어쨌거나 양로원의 원장과 직원들이 증인의 자격으로 청문을 거칠 테고 〈그렇게 되면 나는 아주 곤란한 처지에 몰리게 될 것〉이라 말했다. 나는 그에게 장례식 날의 일은 내가 저지른 살인 사건과 아무 관련이 없다는 점을 지적했다. 그러나 내 말에 대해 그는 내가 사법의 정의와는 도대체 관련이 있어 본 적이 없는 사람이라는 것이 눈에 훤히 보인다는 식으로만 대꾸했다.

그러고서 그는 화난 표정으로 나가 버렸다. 나는 그를 붙들고 싶었다. 변호사를 붙들고 나는 당신과의 교감을 원한다고, 더 잘 변호받기 위해서가 아니라 말하자면, 자연스럽게 그것을 원한다고 설명하고 싶었다. 무엇보다도 나는 내가 그를 불편하게 했다는 사실을 알고 있었다. 그는 나를 이해하지 못했고 또 어느 정도는 나를 탓하기까지 했다. 나는 그에게 나도 모든 사람과 같다고, 모든 사람과 절대적으로 똑같다고 분명히 말하고 싶었다. 그러나 따지고 보면 결국 이 모든 것은 그다지 쓸모없는 짓이고, 그래서 그만 게을러진 나는 그렇게 하기를 포기했다.

얼마 후 나는 또다시 예심 판사 앞에 불려 갔다. 오후 2시여서, 이번에 그의 방은 베일로 된 커튼을 그대로 뚫고 들어오다시피 하는 빛으로 가득 차 있었다. 방 안은 매우 더웠다. 예심 판사는 나를 자리에 앉힌 후 지극히 정중한 태도로 내 변호사가 〈뜻하지 않은 일이 생겨〉 올

수 없게 되었다는 사실을 알려 주었다. 그렇지만 당신에게는 내 질문에 대답하지 않을 권리, 그리고 변호사가 당신을 배석할 때까지 기다릴 권리가 있으므로⋯⋯. 그의 말에 나는 혼자서도 대답할 수 있다고 얘기했다. 그러자 예심 판사는 손가락으로 탁자 위의 단추를 건드렸다. 젊은 서기 한 명이 들어와 내 등 뒤에 바짝 붙어 앉았다.

우리는 둘 다 소파에 깊숙이 기대 앉았다. 심문이 시작되었다. 예심 판사는 먼저 사람들이 나를 무뚝뚝하고 폐쇄적인 성격이라 묘사하더라고 운을 뗀 후, 그 점에 대한 나의 견해를 듣고자 했다. 나는 〈그 이유는, 제가 항상 별로 할 얘기가 없기 때문입니다. 그래서 저는 그냥 입을 다뭅니다〉라고 대답했다. 예심 판사는 처음 대면했을 때와 마찬가지로 미소를 지으며, 생각할 수 있는 여러 가지 이유들 중 그것이 제일 훌륭한 것이라고 인정했다. 그러면서 덧붙였다. 「게다가, 그런 건 하나도 중요하지 않지요.」 그런 뒤 그는 입을 다물고 나를 응시했다. 그러더니 꽤나 급작스럽게 몸을 일으키며 매우 빠른 어조로 덧붙였다. 「나의 관심을 끄는 건 당신 자체입니다.」 나는 그 말이 무슨 뜻인지 잘 이해되지 않아 아무 대답도 하지 않았다. 그가 말을 이었다. 「당신의 행동에는 내가 납득할 수 없는 몇 가지 사항이 있어요. 내가 그것들을 이해할 수 있도록 당신도 협조해 주리라 믿습니다.」 나는 모든 것이 지극히 단순하게 일어난 일이라고 말했다. 그는 그날 나의 하루를 다시 진술해 보라고 했다. 그래서 나는 이미 했던 이야기를 다시 되풀이했다. 레몽과 해변, 수영, 싸움, 또다시 해변, 작은 샘, 태양, 그리고 다섯 번의 권총 발사……. 내가 말을 마칠 때마다 예심 판사는 〈그래요, 그렇지요〉라고 토를 달았다. 바닥에 쓰러진 아랍인의 대목에 이르자 그는 〈알겠습니다〉라는 말로 내 얘기를 수긍했다. 한편, 나는 같은 얘기를 자꾸 되풀이하느라 지쳐 있었다. 여태까지 그렇게 말을 많이 한 적은 한 번도 없었던 것 같다.

예심 판사는 잠깐 침묵하더니 자리에서 일어났다. 그리고 나를 돕고 싶다, 내게 관심이 가며, 신의 도움에 의지하면 아마도 그 자신이 나를 위해 무언가를 해줄 수 있을 것 같다는 말을 했다. 단, 그 전에 먼저 내게 몇 가지를 묻고 싶다는 것이었다. 그러면서 그는 대뜸 내게 엄마를 사랑하느냐고 물었다. 나는 〈예, 모든 사람들이 그렇듯이요〉라고 대답했다. 그때까지 규칙적으로 타자기를 두드리던 서기가 그 순간 자판을 잘못 눌렀음이 틀림없다. 그가 당황해하면서 별수 없이 앞부분으로 되돌아가야만 했으니 말이다. 그러자 예심 판사는 여전히 뚜렷한 논리적 연관성이 없다 싶은 그다음 질문을 던졌다. 그는 내가 권총 다섯 발을 연달아 쏘았는지를 물었다. 나는 잠시 생각한 뒤, 우선 한 발을 쏘고 몇 초가 지난 다음 다시 나머지 네 발을 쏘았다고 답변했다. 그러자 그가 질문했다. 「어째서 처음 총을 쏘고 나서 기다렸다가 다시 쏜 것입니까?」 붉은 해변의 광경이 또다시 눈앞에 떠올랐다. 나는 이마 위로 태양의 탈 듯이 뜨거운 기운을 느꼈다. 이 질문에 나는 아무 대답도 하지 않았다. 이어진 침묵의 시간 내내 예심 판사는 초조한 기색을 드러냈다. 그는 자리에 앉아 머리를 쥐어뜯더니 책상 위에 두 팔꿈치를 올려놓았다. 그러고는 나를 향해 약간 몸을 기울이면서 기이한 표정으로 질문을 던졌다. 「무엇 때문에, 대체 어떤 이유에서, 땅에 쓰러진 몸에 총을 쏜 겁니까?」 그 부분에 대해서도 역시 나는 할 말을 찾을 수 없었다. 예심 판사는 두 손으로 이마를 감싸 쥐더니 약간 변한 목소리로 같은 질문을 되풀이했다. 「어째서지요? 그 대답을 해야 합니다. 왜 그랬습니까?」 나는 여전히 입을 다물고 있었다.

예심 판사는 갑자기 자리에서 일어나 성큼성큼 방 끝을 향해 걸어갔다. 그리고 캐비닛의 서랍 하나를 열더니 은으로 만든 십자가를 꺼냈다. 그는 내 쪽을 향해 되돌아오며 그 십자가를 흔들었다. 그리고 종전과 완전히 다른, 거의 떨리다시피 하는 목소리로 고함쳤다. 「이게 뭔지 알아요?」 나는 〈예, 물론입니다〉라고 대답했다. 그러자 그는 나를 향해 매우 빠르고 격정적인 목소리로 자신은 신을 믿는다, 그리고 신이 용서할 수 없을 정도의 죄인은 결코 존재하지 않으나, 다만 그처럼 용서를 받기 위해서는 죄인이 회개를 통해 어린아이처럼 영혼을 비우고 모든 것을 받아들일 채비를 해야만 한다는 신념을 가지고 있다고 역설했다. 그는 온몸을 탁자 위로 기울이고 십자가를 거의 내 머리 바로 위에서 휘둘렀다. 솔직히 말해서 나는 그의 억지 논리를 따라가기 어려웠다. 우선은 너무나 더웠기 때문이고, 그다음엔 그의 방에 있던 커다란 파리들이 내 얼굴 위에 자꾸 날아와 앉았기 때문이며, 또 한편으로 그가 약간 무서웠기 때문이다. 그와 동시에 나는 내가 그를 무서워한다는 사실이 우스꽝스럽다는 것도 인정했다. 왜냐하면, 어쨌거나 범죄자는 나였으니까. 예심 판사는 계속 떠들어 댔다. 그러니까 내가 대략 이해한 바에 의하면, 나의 자백에서 모호한 부분은 딱 한 군데인데, 그것은 바로 내가 두 번째 발사 전에 약간 뜸을 두고 기다렸다는 점이라는 게 판사 말의 요지였다. 나머지는 다 아주 좋아요, 하지만, 그 부분에 관련해서는…… 도통 이해가 안 간다고 했다.

나는 예심 판사에게 그처럼 그 문제에 집착하는 것은 방향을 잘못 짚는 일이라고, 그 마지막 사항은 그다지 중요하지 않다고 말하려 했다. 하지만 그는 내 말을 가로막더니, 벌떡 일어서서 마지막으로 한 번 더 권유의 말을 던졌다. 그는 내게 신을 믿느냐고 물었다. 나는 아니라고 대답했다. 판사는 분개하며 자리에 앉았다. 그러면서 그건 있을 수 없는 일이다, 모든 인간은 신을 믿는다,

심지어 신으로부터 얼굴을 돌렸던 자들조차도 그리한다
고 했다. 바로 그것이 그의 신념이고, 만약 그 신념을 의
심해야 한다면 그의 삶엔 더 이상 아무런 의미도 없을 것
이고……. 그러면서 그는 부르짖었다. 「당신은 나의 삶이
더 이상 아무런 의미도 갖지 않기를 원합니까?」 나는 판
사 자신의 삶이 그렇든 말든 그게 대체 나랑 상관이 있는
문제인가 싶었다. 그래서 나는 그렇게 말했다. 그러나 탁
자 건너편의 그는 이미 내 눈앞에 그리스도상을 들이대
며 이성을 잃은 태도로 소리를 지르고 있었다. 「나는 기
독교인이야. 나는 그리스도께 너의 죄를 용서해 달라고
빈다. 어째서 너는 그리스도가 너를 위해 고통받았다는
사실을 믿지 않으려 하느냐?」 나는 그가 내게 반말을 하
고 있는 것을 똑똑히 들었다. 지겨웠다. 방 안의 열기는
점점 더 강력해졌다. 언제나처럼, 나는 내가 거의 듣고 있
을 수 없는 말을 떠들어 대는 사람으로부터 벗어나고픈
욕망을 느꼈다. 그래서 나는 그의 말을 수긍하는 표정을
지었다. 그러자 놀랍게도 그는 의기양양한 태도를 띠며
말을 이었다. 「너도 이제 알겠지? 이제 너도 믿음을 가지
고 신에게 귀의하겠지?」 당연히 나는 한 번 더 아니라고
했다. 예심 판사는 소파에 털썩 주저앉았다.

예심 판사는 지친 기색이 역력했다. 그는 잠시 아무 말
이 없었다. 내내 우리의 대화를 뒤쫓던 타자기 소리는 그
침묵의 순간에도 여전히 이어지며 대화의 맨 마지막 구

절들을 기록하고 있었다. 이어 판사는 나를 주의 깊게 바라보았다. 그러더니 약간 슬픈 얼굴로 중얼거렸다. 「여태까지 당신처럼 무정한 영혼을 가진 사람은 본 적이 없소. 내게로 온 범죄자들은 언제나 이 고통의 영상 앞에서 울음을 터뜨리곤 했으니까.」 나는 그거야 그냥 그 사람들이 범죄자들이니까 그런 거라고 대답하려다 다음 순간, 나 역시 그들과 같은 부류라는 것을 생각해 냈다. 그것은 내가 나 스스로에 대해 가질 수 없던 생각이었다. 그때 예심 판사가 자리에서 일어났다. 이제 심문이 끝났다는 뜻인 듯했다. 다만, 그는 종전과 같이 지친 표정으로 내가 한 행동을 후회하는지 물었다. 나는 잠시 생각해 보고 나서 진짜로 후회하고 있다기보다는 차라리 일종의 지긋지긋함을 느낀다고 대답했다. 그가 내 말을 이해한 것 같지는 않았다. 어쨌든 그날 일은 거기서 끝났다.

이후 나는 자주 예심 판사를 만났다. 차이가 있다면, 매번 변호사가 나와 동행했다는 것이다. 그들과의 면담은 나로 하여금 앞서 했던 진술 중 몇 가지 사항을 보다 정확하게 밝히도록 하는 선에서 마무리 지어지곤 했다. 그와 달리 예심 판사가 내 변호사 비용에 관해 의논하는 경우도 있기는 했다. 하지만 그럴 경우, 사실 그들은 결코 내게 주의를 기울이지 않았다. 어쨌든 심문의 어조는 점차로 조금씩 바뀌어 갔다. 예심 판사는 이제 나에 대한 관심을 잃은 듯했고, 내 사건을 어떤 식으로든 이미 끝난 일로 분류한 것 같았다. 그는 내게 더 이상 신에 관해서 이야기하지 않았다. 첫날처럼 흥분한 그의 모습은 다시 볼 수 없었다. 그 결과, 우리의 대화는 보다 화기애애한 것이 되었다. 몇 가지 질문에 이어 변호사와 몇 마디 대화를 주고받다 보면 심문은 어느덧 끝나 있곤 했다. 예심 판사의 표현에 따르면, 내 사건의 처리는 순조롭게 진행되어 갔다. 때때로 대화의 내용이 일반적인 성격을 띨 때는 그들도 나를 거기 끼워 주었다. 그러면 그제야 나는 한숨 돌리기 시작했다. 그럴 때는 아무도 내게 심술궂게 굴지 않았다. 모든 것이 하도 자연스러워서, 너무나 원만하게 처리되고 또 너무나 소박하게 실행되어서, 나는 그들과 〈가족의 일원이 된〉 듯한 말도 안 되는 기분이 들기까지 했다. 그리하여, 예심이 진행된 열한 달의 기간이 끝나 갈 즈음에는 예심 판사가 나를 자기 집무실 문 쪽으로 안내한 후 내 어깨를 두드리며 우정 어린 태도로 〈오늘은 이걸로 끝났습니다, 반(反)기독교 양반〉이라고 말해 주는 그 예외적인 순간들을 나 자신이 그 어떤 것보다도 좋아하게 되었다는 사실을 깨닫고 스스로 깜짝 놀랐다 해도 과언이 아니다. 그 작별의 순간이 지나면 나는 다시 헌병들의 손에 넘겨졌다.

# 2

결코 말하고 싶지 않은 일들도 있었다. 가령, 감옥에 들어온 후 며칠이 지나고 나자, 나는 나 자신이 내 인생의 이 부분에 관해서는 결코 이야기하게 되지 않을 것임을 깨달았다.

그리고 시간이 좀 더 흐르자 나는 그런 종류의 혐오감에 더 이상 중요성을 부여하지 않게 되었다. 사실 처음 며칠 동안은 내가 실제로 감옥에 갇혀 있다고 할 수는 없었다. 나는 막연하게나마 뭔가 새로운 정황을 기다리고 있었다. 모든 것은 마리의 처음이자 유일한 면회가 있고 나서 비로소 시작되었다. 내게는 마리의 편지를 받던(그녀는 자신이 내 아내가 아니기 때문에 더 이상 면회가 허락되지 않는다고 썼다) 그날부터 비로소 이젠 이 독방이 내 집이며 내 삶은 그 안에서 정지된 것이라는 느낌이 들었다. 앞서, 체포된 당일에는 나는 이미 여러 명의 수인들이 들어 있는 방에 감금되었다. 그들 대부분은 아랍인이었다. 그들은 나를 보고 웃었다. 그리고 나보고 무슨 짓을 했느냐고 물었다. 내가 아랍인 하나를 죽였다고 말하자 그들은 입을 다물고 아무 말도 하지 않았다. 하지만 얼마 지나지 않아 저녁이 되자 그들은 내가 깔고 잘 거적을 어떻게 하면 요령 있게 사용할 수 있는지 가르쳐 주었다. 양끝 중 한쪽을 말아서 베개로 사용하면 된다고. 밤새 내내 얼굴 위로 빈대들이 뛰어다녔다. 나는 며칠이 지나고 나서 독방으로 격리되었다. 독방에서는 나무로 만든 침상에서 자게 되었다. 그리고 용변을 위한 양동이와 쇠로 만든 대야를 받았다. 감옥이 도시에서 가장 높은 지대에 위치해 있었기 때문에 작은 창 너머로 바다가 보였다. 어느 날이었다. 나는 철창에 매달려 빛이 들어오는 쪽으로 얼굴을 내밀고 있었다. 그때 간수가 들어오더니 면회 온 사람이 있다고 했다. 나는 마리일 거라고 생각했다. 온 사람은 진짜로 마리였다.

나는 면회실로 가기 위해 긴 복도를 건너고 층계 하나를 거친 후 마지막으로 다시 또 다른 복도를 걸어갔다. 그렇게 해서 드넓은 창을 통해 환하게 볕이 드는 매우 큰 방에 들어서게 되었다. 방은 두 개의 커다란 철책에 의해 길이 방향으로 삼등분되어 있었다. 두 철책 사이의 약 8에서 10미터에 이르는 공간이 방문자들과 수감자들을 갈라놓았다. 나는 정면에서 줄무늬 원피스를 입고 얼굴이 가무스름하게 그은 마리를 발견했다. 내 쪽에는 열

명 남짓의 수감자들이 모여 섰는데 대부분이 아랍인이었다. 마리는 마리대로 아랍 여자들에 둘러싸여 있었다. 그녀 양옆의 방문객 중 하나는 검은 옷을 입고 입을 꼭 다물고 선 작고 나이 든 여자였고, 다른 하나는 맨머리를 드러낸 뚱뚱한 여자로 각종 몸짓을 동원해 가며 굉장히 큰 소리로 말을 했다. 철책 사이의 거리 때문에 방문객들과 수감자들은 부득이 아주 큰 소리로 대화할 수밖에 없었다. 방에 들어섰을 때 나는 장식이라고는 없는 커다란 빈 벽 사방에서 메아리치는 온갖 목소리와 하늘에서 창으로 흘러내려 다시 방 전체로 반사되는 노골적인 빛 때문에 얼떨떨한 상태였다. 내가 있던 독방은 좀 더 조용하고 어두운 곳이었으므로, 면회실에 적응하기 위해서는 몇 초간의 시간이 필요했다. 마침내 나는 빛의 한복판에서 각 사람의 얼굴을 분명하게 식별할 수 있게 되었다. 복도 끝의 양 철책 사이에 간수 한 명이 앉아 있는 것이 보였다. 대부분의 아랍인 죄수들과 그 가족들은 쭈그리고 앉아서 서로를 마주 보고 있었다. 죄수들은 큰 소리로 고함치거나 하지는 않았다. 소란스러운 가운데서도 그들은 용케 아주 낮은 소리로 대화를 나눴다. 맨 아래쪽에서 울려 퍼지는 아랍인들의 희미한 웅얼거림은 그들의 머리 위에서 오가는 대화를 받쳐 주는 일종의 저음부를 만들어 내고 있었다. 이 모든 것들이 내가 마리를 향해 다가가는 아주 짧은 시간 동안 포착한 광경들이었다. 진작부터 철책에 얼굴을 찰싹 붙이고 기다리던 마리는 나를 보자 있는 힘껏 미소를 지어 보였다. 마리가 정말 예뻐 보였지만, 나는 그 말을 그녀에게 할 수 없었다.

마리가 아주 높은 목소리로 물었다. 「그래 좀 어때?」 「뭐, 보이는 대로야.」 「좋아 보여. 필요한 건 다 있어?」 「응, 다 있어.」

그리고 우리는 둘 다 입을 다물었다. 마리는 여전히 미소 짓고 있었다. 뚱뚱한 여인이 내 옆의 죄수에게 큰 소리로 말하고 있었다. 아마도 그녀의 남편임 직한 그는 거침없는 눈빛을 지닌 키 큰 금발의 사내였다. 이미 시작된 그들 대화의 이어지는 부분이 들려왔다.

〈잔느가 개를 맡기 싫댔어〉라고 여자가 귀청이 떠나갈 듯한 목소리로 외쳤다. 〈그래, 알았어〉라고 남자가 대답했다. 「그래서 당신이 석방되면 그 앨 맡을 거라고 말해 줬어. 잔느가 자긴 그럴 수 없다니깐.」

마리도 내 쪽을 향해 레몽이 안부 전하더라고 외쳤다. 나는 〈고마워〉라고 대답했다. 하지만 내 목소리는 〈그애가 잘 지내는지〉 묻는 옆 죄수의 목소리에 묻히고 말았다. 죄수의 아내는 웃으면서 〈그보다 더 잘 지낼 수는 없을 것〉이라고 말했다. 내 왼편의, 손이 가늘고 키가 작은 젊은 수감자는 아무 말도 꺼내지 않았다. 나는 그가 자그마한 노파와 마주 서서 서로를 뚫어질 듯 쳐다보고 있는 것을 알아차렸다. 하지만 그들을 더 오래 관찰할 시간은 없었다. 마리가 내게 희망을 가져야 한다고 외쳤기 때문이다. 나는 〈응〉이라고 대답했다. 그리고 그와 동시에 그녀를 바라보았다. 마리의 원피스 위로 그녀의 어깨를 꽉 감싸 쥐고 싶었다. 나는 그 얇은 천을 원했다. 그것 말고 대체 무엇을 희망하라는 건지, 잘 알 수 없었다. 하지만 그녀가 여전히 미소 짓고 있는 모양으로 보아 마리가 하려던 말은 정말로 그것이었을 것이다. 내 눈에는 그녀의 반짝거리는 치아와 눈가의 미세한 주름들 외에 아무것도 보이지 않았다. 마리가 또다시 외쳤다. 「넌 곧 거기서 나오게 될 거고, 그럼 우린 결혼하는 거야!」 나는 〈그렇게 생각해?〉라고 대답했지만, 그건 그냥 아무 말이라도 하기 위해서 그런 거였다. 마리는 매우 빠르고 또여전히 높은 목소리로 그렇다고, 나는 무죄 판결을 받고나올 거고, 그러면 둘이서 다시 수영하러 갈 수 있을 거라고 말을 이었다. 하지만 그때 마리 옆의 여자가 목청을 높여 서기과에 바구니 하나를 맡겨 놨다고 소리쳤다. 그러면서 그 바구니 속에 자신이 어떤 물건들을 넣어 왔는지 일일이 열거했다. 여보, 그거 다 돈이 많이 든 거야. 그러니까 내용물이 다 들어 있는지 꼭 확인해야 해…… 한편 내 다른 쪽의 죄수와 그의 어머니는 여전히 서로를 바라보고 있었다. 우리 아래쪽에서는 아랍인들이 웅얼거리는 소리가 계속 이어졌다. 바깥의 햇빛이 꼭 이 드넓은

창에 부딪혀 점점 부풀어 오르는 것 같았다.

　나는 약간 아픈 사람 같은 기분이 되었다. 그 자리를 뜨고 싶었다. 사방에서 들려오는 소리가 참기 힘들었다. 하지만 다른 한편으로는 그 자리에 와 있는 마리의 존재를 좀 더 계속 누리고 싶었다. 얼마 동안 그러고 있었는지 모른다. 마리는 자기 일 얘기를 했다. 그러면서 끊임없이 미소를 지었다. 사방에서 웅얼거림과 고함 소리, 대화가 교차했다. 다만 내 옆에서 서로를 응시하고 있는 키 작은 젊은이와 노파만이 침묵의 외딴섬을 만들고 있을 뿐이었다. 서서히 아랍인들이 밖으로 인도되기 시작했다. 첫 번째 수감자가 나가자마자 거의 모든 사람이 입을 다물었다. 작은 노파가 철책 가까이 다가섰다. 그와 동시에 간수 하나가 그녀의 아들에게 신호를 보냈다. 아들은 〈잘 가, 엄마〉라고 했다. 그러자 그의 어머니는 두 개의 철책 사이로 손을 집어넣더니 아들에게 가냘픈 손짓을 보냈다. 그녀의 느린 손짓은 멈출 줄 모르고 하염없이 이어졌다.

　노파가 면회실을 뜨는 사이 손에 모자를 쥔 남자가 들어와 자리를 잡았다. 이어 수감자 한 명이 인도되어 들어왔다. 그 둘은 활기차게 대화를 나누었다. 그렇다 해도 방이 이제 다시 조용해졌으므로 그들의 목소리는 낮았다. 내 오른쪽 수감자가 들어갈 차례가 되었다. 그의 아내는 이제 더 이상 고함을 칠 필요가 없다는 사실을 전혀 깨닫지 못했는지 여전히 큰 목소리로 남편에게 〈몸 잘 돌보고, 매사에 조심하고〉라고 외쳤다. 그다음 내 차례가 되었다. 마리가 잘 있으라는 작별 인사를 보내는 시늉을 했다. 나는 문밖으로 나가기 전에 뒤를 돌아보았다. 마리는 그 자리에 꼼짝 않고 서서 철창에 얼굴을 으스러질듯 바싹 가져다 댄 채 찢겨서 경련하듯이 예의 미소를 지어 보였다.

마리가 내게 편지를 보낸 것은 그로부터 얼마 지나지 않아서였다. 그리고 그 무렵부터 결코 말하고 싶지 않은 일들이 내게 닥치기 시작했다. 어쨌든 어떤 것도 쓸데없이 과장해서는 안 된다 한다면, 그것이야말로 내겐 둘째가라면 서럽게 쉬운 일이었다. 그런 나인데도 감금된 초기에는 여전히 자유인의 사고방식이 남아 있어서 더할 나위 없이 견디기 힘들었다. 예를 들어, 해변에 가 바닷속으로 들어가고 싶다는 욕망이 들 때가 그랬다. 발바닥 아래에서 일렁이는 첫 파도의 소리, 물속에 몸을 담그는 일, 또 그러면서 발견할 해방감을 상상하는 것만으로도 대번에 나는 감방의 벽들이 얼마나 가까이서 나를 압박하고 있는지 실감하곤 했다. 그런 상태는 몇 달 동안 지속되었다. 그것이 지나고 나니 그다음에는 오직 수감인으로서의 생각만 남게 되었다. 나는 안뜰에서 이루어지는 매일의 산책이나 변호사의 방문을 기다렸다. 그 나머지 시간은 아주 훌륭하게 때울 수 있었다. 하다못해 사람들이 나를 마른 나무 기둥 속에서 살게 하고 내 머리 위의 하늘 표면을 바라보는 것 외에는 아무것도 하지 못하게 한다 해도 적응해 나갈 수 있겠구나 하는 생각이 종종 들 정도였다. 그런 일이 일어났다면 아마도 나는 새들이 지나가는 광경이나 구름이 흩어졌다 모이는 형상들을 기다리며 시간을 보냈으리라. 마치 내가 지금 이 감방 속에서 내 담당 변호사의 이상야릇한 넥타이들을 기다리는 것처럼. 혹은 그와 다른 세상에서 마리의 몸을 품에 안기 위해 토요일까지 잘 참고 기다렸던 것처럼. 하지만 곰곰이 생각해 보면 나는 마른 나무 속에 들어 있는 게 아니다. 나보다 더 불행한 사람이 있는 것이다. 게다가 그것은 엄마의 지론 중 하나이기도 했다. 엄마는 입버릇처럼 사람은 결국 무엇에나 적응하기 마련이라는 말을 하곤 했다.

더구나 평상시라면 나는 그처럼 멀리 가지도 못했을 것이다. 첫 몇 달 동안은 힘들었다. 하지만 노력을 기울인다는 바로 그 당위에 의해서만도 나는 그 시간들을 통과해 낼 수 있었다. 가령, 나는 여자에 대한 욕망 때문에 힘들었다. 그건 당연한 일이다. 나는 젊으니까. 내가 꼭 마리만 생각한 것은 결코 아니다. 그냥 한 여자를, 여자들을, 내가 알았던 모든 여자들과 그녀들을 사랑했던 모든 상황들을 절실히 생각한 나머지 내 독방은 온갖 얼굴들로 채워지고 욕망으로 붐볐다. 어떤 의미에서 그것은 나의 균형을 무너뜨렸다. 하지만 또 다른 의미에서 보면, 그럼으로써 나는 시간을 때울 수 있기도 했다. 나는 마침내 식사 시간마다 취사장 급사를 동반하는 간수장의 호의를 얻기에 이르렀다. 내게 먼저 여자 얘기를 꺼낸 것은 그였다. 그는 다른 죄수들이 불평하는 맨 처음 문제가 바로 여자라고 이야기했다. 나는 그에게 나도 그들과 마찬가지여서 이런 취급 방식이 부당하게 여겨진다고 대답했다. 그러자 그는 〈하지만 바로 그러자고 감옥에 가둔 것 아닌가〉라고 말했다. 「네? 바로 그러자고요?」「그렇고말고. 자유가 그런 거니 말일세. 자네가 박탈당한 게 바로 자유야.」 나는 결코 그런 생각을 해본 적이 없었다. 나는 그의 말에 찬동하며 대답했다. 「맞는 말입니다. 안 그러면 대체 뭐가 처벌이겠어요?」「자네는 세상 이치를 이해하는구먼. 그런데 다른 죄수들은 안 그래. 하긴 그들도 종내는 스스로 마음을 가라앉히게 되지만 말이야.」 그렇게 말하고 간수장은 자리를 떴다.

담배 문제도 참기 어려웠다. 처음 감옥에 들어왔을 때 나는 허리띠와 구두끈, 넥타이, 또 특히 담배를 위시해 내 주머니에 들어 있던 모든 소지품을 압수당했다. 독방에 감금되었을 때 한번은 내 물건들을 돌려줄 수 있느냐고 물어본 적도 있다. 하지만 그것은 금지 사항이라는 답이 돌아왔다. 처음 며칠은 몹시 힘들었다. 아마도 나를 가장 크게 낙담시킨 것이 그것이었으리라. 나는 내 침상의 널판에서 나뭇조각을 떼어 내어 그것을 입에 넣고 빨았다. 하루 종일 구역질이 나를 따라다녔다. 어째서 다른 사람에게 해를 끼칠 일도 없는 담배를 내게서 뺏어 간 것인지 이해가 되지 않았다. 그 또한 처벌의 일부임을 나중에야 깨달았지만, 그때는 이미 담배를 피우지 않는 데에 익숙해져서 결과적으로 이것은 내게 더 이상 처벌이랄 수 없게 되었다.

그런 몇 가지 문제만 제외하면 나는 지독히 불행하지는 않았다. 한 번 더 말하자면 요점은 시간을 어떻게 죽이느냐 하는 데 있었는데, 회상하는 법을 터득한 순간부터는 하나도 지루하지 않았기 때문이다. 그리하여 때때로 나는 내 방에 대한 회상을 시작하곤 했다. 우선 나는 상상을 통해 방 한 귀퉁이에서부터 출발한다. 그런 다음 머릿속으로 내가 가는 길목에 놓여 있는 모든 것들을 하나하나 떠올리며 처음 출발했던 자리로 되돌아오는 것이다. 처음만 하더라도 회상은 금방 끝났다. 하지만 매번 거듭할 때마다 그 여정은 조금씩 길어졌다. 나는 내가 가지고 있던 가구 하나하나를 기억해 냈을 뿐만 아니라 그 각각의 가구에 대해서도 그 위에 올려져 있던 각각의 물건들을 떠올렸으며, 다시 그 각각의 물건들에 대해서도 그것들의 미세한 부분까지 생각해 냈다. 또 그 세부들에 대해서도 거기 입힌 세공이라든가 갈라진 부분, 깨진 모서리, 또는 그것들의 색깔이나 오톨도톨한 질감을 상기했다. 내 목록의 전체 맥락을 놓치지 않으면서 동시에 모든 것을 빠짐없이 열거할 수 있도록 노력한 결과, 몇 주가 지나자 나는 내 방 안에 있는 것들을 하나하나 헤 아리는 일만으로도 꼬박 몇 시간을 보낼 수 있는 지경에 이르렀다. 이렇듯, 생각을 하면 할수록 그때까지 내가 알 지 못했거나 잊어버렸던 사실들을 점점 더 많이 기억의 편으로 끄집어낼 수 있었다. 설사 생을 단 하루밖에 살지 못한 사람이라 할지라도 감옥 안에서 별로 힘들이지 않 고 1백 년을 살 수 있다는 사실을, 나는 그제야 깨달았 다. 그가 지닌 추억의 양은 지루함을 재우기에 충분하리 라. 어떤 의미에서 그것은 일종의 특권이기도 했다.

　그 밖에 수면도 힘든 문제였다. 처음에 나는 밤에는 잠 을 설치고 낮에는 아예 잘 수가 없었다. 하지만 차츰차츰 밤잠이 개선되었고, 드디어는 낮에도 눈을 붙일 수 있게 되었다. 마지막 몇 달 동안에는 하루에 16시간에서 18시 간쯤은 잔 것 같다. 그리고 남는 6시간 정도는 식사나 용 변, 회상, 그리고 체코슬로바키아인의 이야기로 메꿨다.

　실제로 나는 내가 사용하는 깔개와 침상 사이의 틈바 구니에서 오래된 신문 조각을 하나 발견했다. 거의 헝겊 에 접착되다시피 한 그 종이는 노리끼리하게 빛이 바래 다 못해 투명할 정도였다. 그리고 거기에는, 비록 앞부분 이 잘려 나가긴 했지만 필시 체코슬로바키아에서 벌어진 일임을 짐작게 하는 사건 기사가 하나 실려 있었다. 한 남자가 돈을 벌기 위해 체코의 어느 마을을 떠났던 모양이다. 25년의 세월이 흐른 끝에 부자가 된 남자는 여자와 아이 하나를 데리고 고향으로 되돌아왔다. 그의 어머니는 그의 누이와 함께 고향 땅에서 근근이 호텔 하나를 꾸리고 있었다. 그 둘을 놀래 주기 위해 남자는 아내와 아이를 다른 숙소에 머무르게 한 뒤 어머니의 집으로 찾아갔다. 어머니는 남자가 들어올 때 그가 자신의 아들임을 알아보지 못했다. 아들은 장난 삼아 방을 하나 잡기로 마음먹고 수중의 돈을 보여 주었다. 한밤중에 그의 어머니와 누이는 돈을 훔치기 위해 그를 망치로 때려 죽이고 사체는 강물 속에 던져 버렸다. 아침이 되자 남자의 아내가 호텔을 찾아와 엉겁결에 여행자의 신원을 밝혔다. 그녀의 말을 듣고 난 어머니는 목을 매 죽었고 누이는 우물에 몸을 던졌다. 나는 이 이야기를 족히 수천 번은 읽었을 것이다. 한편으로 보자면, 그 이야기는 터무니없었다. 하지만 다른 한편으로 보자면, 그것은 자연스러운 얘기였다. 어찌 됐건 나는 그 여행자가 어느 정도는 죽임을 당할 만한 짓을 했으며, 그러니까 장난 따위는 결코 하는 게 아니라는 생각이 들었다.

이렇게 해서 잠자고, 회상하고, 기사를 읽고, 빛과 어둠이 교차하는 사이에 시간은 흘러갔다. 나는 전에 감옥에 있으면 시간의 개념을 상실하게 된다고 쓴 글을 분명 읽은 적이 있지만, 막상 그런 일이 내게 크게 영향을 끼치지는 않았다. 나는 예전에는 하루하루가 과연 어느 정도까지 긴 동시에 짧을 수 있는지 몰랐다. 살아 내기에는 길다 할 수 있을 나날의 시간들은 늘어나고 또 늘어난 끝에 마침내 서로 범람하기에 이르렀고, 그럼으로써 제 이름을 잃고 말았다. 이제 내게는 어제나 오늘이란 단어만이 유일하게 의미를 간직하고 있을 뿐이었다.

어느 날이었다. 간수가 내게 말을 걸더니 내가 감옥에 들어온 지 다섯 달이 되었다고 했다. 나는 그의 말을 믿기는 했지만 이해할 수는 없었다. 내게는 모든 게 언제나 독방 안에서 펼쳐지는 똑같은 하루, 한결같이 수행해야 하는 똑같은 임무였으니 말이다. 그날 간수가 떠나고 난 뒤, 나는 쇠 밥그릇에 얼굴을 비춰 보았다. 밥그릇에 비친 내 모습은, 심지어 미소를 지어 봐도 여전히 심각함을 잃지 않는 것 같았다. 나는 그릇에 비친 내 영상을 눈앞에서 마구 흔든 뒤 다시 미소를 지어 보았다. 내 얼굴은 여전히 방금 전과 똑같은 엄숙하고 슬픈 표정을 하고 있었다. 날이 저물어 갔다. 이 무렵이야말로 내게는 언급하고 싶지 않은 시간, 감옥의 전 층으로부터 저녁의 소리가 침묵의 행렬을 이루며 타고 올라오는 이름 없는 시간이었다. 나는 채광창에 다가가 사그라져 가는 마지막 빛 속에 반사되는 내 얼굴을 한 번 더 바라보았다. 얼굴은 여전히 심각한 빛을 띠고 있었다. 하긴, 뭐가 놀라운 일이겠는가? 그 순간의 나 자신이 그만큼 심각했는데. 동시에, 그리고 몇 달 만에 처음으로 나는 내 음성이 내는 소리를 똑똑히 들었다. 나는 그 목소리가 이미 오래전부터 내 귓가에 들려오던 말소리와 같은 것임을 깨달았다. 그러면서 이 모든 시간 내내 내가 혼자서 말하고 있었다는 데 생각이 미쳤다. 그리고 엄마의 장례식 날 간호사가 했던 얘기가 비로소 머릿속에 떠올랐다. 그렇다. 출구는 없었다. 그리고 감옥에서의 저녁나절이 어떤 것인지 상상할 수 있는 사람은 아무도 없는 것이다.

# 3

결국 그 여름은 눈 깜짝할 새 흘러가고 어느덧 새 여름이 다가온 셈이었다. 나는 첫 더위가 서서히 위세를 떨치기 시작할 무렵이 되면 내게 또 한 차례 새로운 일이 닥치리라는 사실을 알고 있었다. 내 사건은 중죄 재판소의 마지막 회기에 다뤄지도록 되어 있었고 이 마지막 회기는 6월에 종결될 것이었다. 바깥에 해가 쨍쨍한 가운데 공판이 벌어졌다. 변호사는 논의가 이삼일이면 끝날 거라면서 나를 안심시켰다. 〈게다가 당신 사건이 회기 중 가장 중요한 안건은 아니라서 법정도 서두르고 싶을 겝니다. 이 일을 끝내고 곧바로 친부 살해범 건을 해결해야 하니까요〉라고 그는 덧붙였다.

오전 7시 30분경에 사람들이 나를 찾으러 왔다. 나는 죄수 호송차를 타고 법원으로 인도되었다. 헌병들이 나를 볕이 들지 않아 눅눅한 냄새가 풍기는 작은 방으로 들여보냈다. 우리는 문 가까이에 앉아 차례를 기다렸다.

문 뒤로 여러 사람의 목소리, 이름 부르는 소리, 의자 움직이는 소리, 그 외 온갖 시끄러운 소리들이 들려왔다. 그 소리들은 내게 동네에서 벌어지던 축제를 떠올리게 했다. 콘서트가 끝나고 나면 다들 홀을 정리한 후 거기서 춤을 추곤 했지. 헌병들은 내게 법정이 부를 때까지 기다려야 한다고 알려 주었다. 그들 중 한 명이 내게 담배를 내밀었으나 나는 거절했다. 조금 뒤 그는 내게 〈겁이 나느냐〉고 물었다. 나는 아니라고 대답했다. 게다가 어떤 의미에서는 재판이 어떤 것인지 볼 수 있다는 점이 흥미롭기까지도 합니다, 이제껏 한 번도 재판 구경을 할 기회가 없었으니까요…….〈그렇긴 하죠. 하지만 결국엔 지치고 말 거요〉라고 두 번째 헌병이 거들었다.

얼마 후 방 안에 벨 소리가 작게 울려 퍼졌다. 그러자 헌병들은 내 수갑을 벗기고 문을 연 뒤 나를 피고석으로 들여보냈다. 법정은 사람들로 꽉 차 있었다. 블라인드를 내렸음에도 불구하고 군데군데 해가 비쳐 들어왔으며, 공기는 벌써부터 숨이 막혔다. 창문은 닫힌 채였다. 내가 자리에 앉자 헌병들이 내 주변에 둘러섰다. 그제야 나는 내 앞에 일렬로 앉아 있는 얼굴들이 눈에 들어왔다. 그들은 일제히 나를 쳐다보았다. 나는 그 사람들이 배심원이라는 사실을 깨달았다. 어떤 점이 나로 하여금 그들을 다른 사람들과 구분하게 했는지는 딱히 말하지 못하겠다. 다만 나는 다음과 같은 인상을 받았다. 내가 전차 안

좌석 앞에 서 있다. 그런데, 모든 익명의 승객들이 이 새로 들어선 사람인 나를 염탐하며 뭔가 우스꽝스러운 점을 캐내고자 한다……. 나도 그것이 어리석은 생각이었음을 잘 알고 있다. 법정에서 사람들이 찾아내려는 것은 우스꽝스러운 점이 아니라 범죄이기 때문이다. 하지만 그 차이는 그렇게까지 크지 않고, 어쨌거나 그 당시 내 머릿속을 스친 생각은 그런 것이었다.

나는 또 이 유폐된 방에 들어찬 그 많은 사람들 때문에 약간 어리둥절하기도 했다. 법정 안을 한 번 더 둘러보았으나 어떤 얼굴도 분간해 낼 수 없었다. 지금 생각해 보면, 모든 사람이 나를 보려고 앞다투어 몰려드는 상황을 나 자신이 애초에 예상하지 못했기에 그리 되었던 듯싶다. 사람들은 보통 나라는 존재에 그다지 신경 쓰지 않으니 말이다. 이 모든 소요의 원인이 나라는 사실을 스스로 납득하기 위해서는 노력이 필요했다. 나는 헌병에게 〈사람이 정말 많군요!〉라고 말했다. 헌병은 신문 때문이라고 대답하면서 배심원석 아래의 탁자 근처에 모여 있는 한 무리의 사람들을 가리켰다. 그러면서 〈저기들 있군요〉라고 했다. 나는 〈누구 말입니까?〉라고 물었다. 그가 다시 한 번 되풀이했다. 「기자들 말입니다.」 그는 그 기자들 중 한 명을 안다고 했다. 기자는 헌병을 알아보고 우리 쪽으로 다가왔다. 그는 이미 나이가 꽤 먹은 사람이었으며, 약간 찡그린 듯한 얼굴을 하고 있었으나 친절해 보였다. 기자는 헌병과 퍽 반갑게 악수를 나눴다. 그 순간 나는 클럽 같은 곳에서 같은 세계에 속하는 사람들끼리 서로를 발견하고 즐거워하는 것과 마찬가지로, 여기서도 모든 사람들이 조우하고, 서로의 이름을 부르고, 대화를 나눈다는 사실에 주목했다. 동시에 그제야 왜 내가 이곳에서 불쑥 끼어든 침입자인 듯한, 말하자면 잉여적인 존재인 듯한 기묘한 느낌이 들었는지도 알게 되었다. 어쨌든 기자는 내게도 미소를 지으며 말을 걸었다. 그리고 모든 게 잘되길 바란다고 했다. 나는 그에게 고맙다고 했다. 그러자 그가 덧붙였다. 「아시겠지만, 우리가 당신 사건을 어느 정도 띄워 놓았습니다. 신문사로선 여름이 비수기니까요. 뭔가 건수가 될 만하다 싶은 것은 당신 얘기하고 친부 살해 사건뿐이었습니다.」 그런 다음 그는 자기가 방금 떠나온 기자들 무리 중에서 커다란 검은 테 안경을 걸쳐 어쩐지 살찐 족제비처럼 보이는 한 자그마한 남자를 가리켰다. 그는 그 사람이 파리의 한 신문사에서 보낸 특파원이라고 설명했다. 「저 친구만 해도 원래 당신 사건 때문에 온 건 아녜요. 하지만 위에서 친부 살해범 재판 취재를 맡은 김에 아예 당신 사건도 함께 타전해 보내라고 했다나 봅니다.」 나는 하마터면 그 사실에 대해서도 고맙다고 할 뻔했다. 하지만 그런 것은 우스꽝스러운 짓이라는 데 생각이 미쳤다. 기자는 내게 슬며시 우정 어린 손짓을 보낸 후 우리 곁을 떴다. 우리에겐 아직도 몇 분 정도의 시간이 남아 있었다.

내 변호사가 법복 차림을 하고 많은 수의 동료들에 둘러싸여 들어왔다. 그는 기자들 쪽으로 다가가 악수를 교환했다. 그들은 농담을 나누거나 웃음을 터뜨렸다. 다들 여유만만한 표정이었다. 그때 법정에 벨 소리가 울려 퍼졌다. 모든 사람이 자기 자리로 되돌아갔다. 변호사가 내 쪽으로 다가와 악수를 청했다. 그리고 내게 질문이 던져지면 괜히 앞서 나가지 말고 짤막하게 대답하고 나머지는 자기에게 맡기라고 조언했다.

내 왼편에서 의자를 뒤로 끌어당기는 소리가 났다. 마른 몸에 붉은 옷을 걸치고 코안경을 쓴 키 큰 남자의 모습이 보였다. 그는 법복 자락을 정성 들여 접으면서 자리에 앉았다. 그가 검사였다. 정리가 재판의 시작을 선언했다. 그와 동시에 두 개의 커다란 선풍기가 윙윙거리며 돌기 시작했다. 세 명의 판사가 서류를 들고 법정에 들어섰다. 둘은 검은 제복을 입고 있었고, 나머지 세 번째는 붉은 차림이었다. 그들은 잰걸음으로 법정이 내려다뵈는 단상을 향했다. 붉은 옷을 입은 사람이 정중앙의 의자에 앉더니 법모를 벗어 자기 앞에 놓았다. 그리고 손수건을 꺼내 머리가 벗어진 이마의 땀을 닦고 공판을 개시한다고 선언했다.

기자들의 손에는 이미 펜이 들려 있었다. 그들은 하나같이 냉담하면서 약간은 빈정대는 듯한 표정이었다. 다른 기자들보다 훨씬 젊고 회색 플란넬 양복에 푸른색 넥타이 차림을 한 단 한 사람만이, 만년필을 앞에 내려놓은 채 나를 쳐다보고 있었다. 약간 비대칭적인 그의 얼굴에서 내가 볼 수 있었던 것이라곤 매우 투명한 두 눈뿐이었다. 그 두 눈은 딱 꼬집어 정의할 수 있는 그 어떤 감정도 나타내지 않은 채 나를 주의 깊게 관찰하고 있었다. 나는 마치 나 자신에 의해 관찰당하는 듯한 이상한 기분이 들었다. 아마도 그 점 때문에, 게다가 그런 장소의 관례에 대해서는 내가 아는 바가 전무했기 때문에, 이후에 벌어진 상황들, 그러니까 배심원들 간의 제비뽑기라든가 변호사와 검사, 배심원단을 향한 재판장의 각종 질문(질문이 나올 때마다 배심원들의 머리는 일제히 동시에 법정을 향해 움직였다), 내가 아는 장소들과 사람들의 이름이 등장하는 기소장의 신속한 낭독, 그리고 내 변호사를 향해 새로이 쏟아진 질문들 따위의 일들은 얼핏 잘 이해되지 않았다.

이어 재판장이 증인들을 호명하겠다고 했다. 정리가 하나하나 읽어 내려가는 이름들에 내 주의가 쏠렸다. 방금 전까지 무정형이나 다름없던 청중들 속에서 양로원의 원장과 수위, 토마 페레 영감, 레몽, 마송, 살라마노, 그리고 마리가 차례차례 자리에서 일어나 측면의 문을 통해 사라지는 것이 보였다. 마리는 나를 보며 불안한 듯이 살짝 신호를 보냈다. 내가 어떻게 그들을 좀 더 일찍 알아보지 못했을까 하고 다시 한 번 놀라는 순간 마지막으로 이름이 불린 셀레스트가 자리에서 일어섰다. 나는 셀레스트의 옆에서 일전에 식당에서 보았던 키 작은 여자도 발견했다. 그녀는 예의 재킷 차림에 분명하고 단호한 태도를 한 채 뚫어져라 나를 쳐다보았다. 하지만 내게는 그 이상 생각할 여유가 없었다. 재판장의 발언이 시작되었기 때문이다. 그는 본격적인 공판이 시작될 것이며, 이를 위해 청중에게 새삼 정숙을 요구할 필요는 없으리라 본다고 했다. 그에 의하면, 객관적인 검토가 요구되는 사건의 공판을 자신은 공정하게 이끌 것이며, 배심원단이 내리는 판결은 정의로운 정신에 입각하여 채택될 것이고, 우발적 사태가 벌어질 경우에는 그 상황의 경중을 막론하고 즉각 법정을 비우리라는 것이었다.

뜨거운 기운이 점점 확산되었다. 방청객들이 신문으로 부채질하는 것이 보였다. 그 바람에 실내에는 종이 바스락거리는 희미한 소리가 계속해서 났다. 재판장이 손짓을 하자 정리가 짚을 엮어 만든 부채 세 개를 가져왔고, 세 명의 판사들은 즉시 부채질을 하기 시작했다.

곧 나에 대한 심문이 개시되었다. 재판장은, 침착할 뿐만 아니라 심지어 내게는 일종의 친밀감마저 느껴지는 어조로 질문을 던졌다. 나는 또다시 내 신원을 밝혀야 했고, 성가신 기분이 듦에도 불구하고 기실 그것이 충분히 자연스러운 절차라고 생각했다. 만약 어떤 사람을 다른 사람으로 착각하고 재판하게 된다면 그건 너무나도 심각한 일이 될 테니 말이다. 이어 재판장은 내가 한 일들을 재차 열거하기 시작했다. 그는 세 문장이 끝날 때마다 나를 바라보며 〈맞습니까?〉라고 물었다. 그때마다 나는 변호사의 지침에 따라 〈예, 재판장님〉이라고 답변했다. 긴 과정이었다. 재판장이 매우 상세하게 정황을 기술했기 때문이다. 그러는 사이 기자들은 기사를 작성해 나갔다. 나는 그들 중 가장 젊은 기자와 자동인형 같은 키 작은 여자가 나를 바라보고 있는 것을 느꼈다. 전차 좌석 측, 그러니까 배심원들은 전부 재판장을 향해 있었다. 재판장은 기침을 하거나 서류를 참조하거나 부채질을 하면서 이따금 나를 바라보곤 했다.

재판장은 나를 향해 이제 일견 내가 저지른 사건과 외관상으로는 무관해 보이지만 실은 그것의 정곡과 아주 밀접한 관계를 지닐 수도 있는 몇 가지 문제들을 다뤄야겠다고 말했다. 나는 그가 또다시 엄마 얘기를 꺼내려 한다는 것을 깨달았다. 그와 동시에 그것이 내게 얼마나 지긋지긋한 일인지도 실감했다. 재판장은 내게 어째서 엄마를 양로원에 보냈는지 물었다. 나는 엄마를 집에서 모시면서 간호할 돈이 없었기 때문이라고 답변했다. 재판장은 그 일이 개인적으로 괴롭게 느껴졌는지 물었다. 나는 엄마와 내가 서로에게뿐만 아니라 다른 그 누구에게도 더 이상 아무것도 기대하지 않게 되었으며, 둘 다 그

같은 새 생활 양식에 이미 적응되어 있었다고 대답했다. 그러자 재판장은 그 문제를 계속 강조하지는 않겠다고 하고 검사를 향해 다른 질문 있느냐고 물었다.

내게 반쯤 등을 돌리고 선 검사는, 따라서 나를 쳐다보지도 않은 채 재판장이 허락한다면 내가 혼자 샘으로 되돌아간 의도가 아랍인을 죽이기 위한 것이었는지 알고 싶다고 했다. 나는 〈아닙니다〉라고 대답했다. 「그렇다면 피고는 어째서 총을 지니고 있었으며, 또 어째서 하필 그 장소로 되돌아간 것입니까?」 나는 그건 단지 우연이었다고 대답했다. 그러자 검사는 심술궂은 어투로 말을 맺었다. 「지금으로선 이것이 제 질문의 전부입니다.」 이후에 벌어진 일은 하나같이 약간씩 혼란스러웠다. 적어도 내게는 그랬다. 몇 차례의 비공식 회의를 거치고 나서 재판장은 일단 휴정하고 증인들의 심문은 오후로 연기하겠다고 선언했다.

내게는 이런저런 생각을 할 시간이 주어지지 않았다. 사람들이 나를 다시 데리고 나가 죄수 호송차에 태웠다. 나는 감옥에 도착해 거기서 식사를 했다. 기껏해야 내가 지쳐 버린 상태라는 것을 자각할 만큼의 아주 짧은 시간이 지났을 뿐인데 사람들이 득달같이 되돌아와 나를 찾았다. 모든 것이 다시 시작되었다. 나는 같은 방, 같은 얼굴들 앞에 다시 섰다. 다만 방 안의 열기는 아까보다 더 고조되어 있었고, 마치 기적이라도 일어난 것처럼 배심원 모두와 검사, 내 변호사, 그리고 몇 명의 기자들은 짚으로 만든 부채를 들고 있었다. 젊은 기자와 키 작은 여인은 줄곧 거기 남아 있었다. 그들은 부채질을 하지 않은 채 여전히 아무 말 없이 나를 주목했다.

나는 얼굴을 뒤덮는 땀을 닦았다. 양로원장을 호명하는 소리가 들려왔을 때에야 비로소 나는 그 장소가 어디고 나 자신이 누구인지 약간 정신이 들었다. 양로원장을 향해 평소 엄마가 나에 대해 불평을 했는가 하는 질문이 던져졌다. 양로원장은 그렇긴 했지만, 친지에 관한 불평을 늘어놓는 것은 어느 정도 모든 양로원 재원자들의 입버릇이라 봐야 한다고 대답했다. 그러자 재판장은 엄마가 자신을 양로원에 집어넣은 일을 두고 나를 비난했는지 아닌지 분명하게 대답하라고 했다. 양로원장은 재차 그렇다고 대답했다. 하지만 이번에는 아무 말도 덧붙이지 않았다. 다른 질문에 대해 그는 엄마 장례식 날 내가 침착해서 놀랐다고 답변했다. 그에게 〈침착하다〉는 것이 무슨 뜻이냐는 질문이 이어졌다. 그러자 원장은 구두 끝을 내려다보면서, 내가 엄마를 보려 하지 않았고, 단한 번도 울지 않았으며, 장례가 끝나자마자 엄마의 무덤 앞에서 묵상 한번 하지 않은 채 즉시 가버렸다고 말했다. 뿐만 아니라, 실은 또 다른 사실도 제겐 놀라웠습니다. 장의사 일꾼 중 하나에게 들은 말인데 저 사람은 자기 어머니 나이도 모르더랍니다. 장내에 일순간 침묵이 흘렀다. 재판장은 양로원장에게 방금 분명 나에게 해당되는 얘기를 한 것이 맞느냐고 확인했다. 원장이 질문을 잘 이해하지 못하자, 그는 〈법률상 절차입니다〉라고 말했다. 이어 재판장은 차장 검사를 보며 증인에게 질문이 있는지 물었다. 그러자 검사는 〈오, 아닙니다! 그 정도면 이미 충분합니다〉라고 외치며 득의양양하게 빛나는 시선으로 내 쪽을 바라보았다. 실로 여러 해 만에 처음으로 나는 울고 싶은 바보 같은 심정이 되었다. 이 모든 사람이 얼마나 나를 증오하고 있는지 여실히 느껴졌기 때문이다.

재판장은 배심원단과 변호사에게 남은 질문이 있는지 물은 뒤 수위를 불러 그의 진술을 청취했다. 수위의 경우에도 다른 모든 사람들과 마찬가지로 같은 의례 절차가 되풀이되었다. 그는 들어오면서 나를 쳐다본 후 곧 시선을 돌렸다. 그리고 자신에게 주어지는 질문들에 대답을 했다. 그는 내가 엄마를 보려 하지 않았고 담배를 피웠으며 잠을 잤고 밀크 커피를 마셨다고 했다. 그러자 장내 전체에 어떤 술렁임이 이는 것이 느껴졌다. 나는 처음으로 내가 죄인임을 깨달았다. 사람들은 수위에게 밀크 커피와 담배 얘기를 한 번 더 진술하도록 시켰다. 차장 검사는 빈정거리는 빛이 담긴 눈으로 나를 쳐다보았다. 그 순간, 내 변호사가 수위보고 그도 나와 함께 담배를 피웠는지를 물었다. 검사는 자리에서 일어나 변호사의 질문을 맹렬하게 공격했다. 「지금 이 자리에서 범죄자가 누굽니까? 그리고 증언의 비중을 축소하기 위해 기소인 측 증인들을 모욕하는 이 방식은 대체 뭡니까? 그런다고 방금 한 증언 내용의 비중이 축소될 줄 알아요?」 어쨌든 재판장은 수위에게 질문에 답변할 것을 요구했다. 노인은 당황한 태도로 대답했다. 「저도 제가 잘못했다는 걸 잘 압니다. 하지만 저분이 권하는 담배를 거절할 수 없었습니다.」 마지막으로 그에 관해 덧붙일 말이 있느냐는 질문이 내게 돌아왔다. 〈없습니다. 제가 저분에게 담배를 권한 것이 사실입니다〉라고 나는 대답했다. 그러자 수위는 약간 놀란 듯하면서도 고마운 듯한 표정으로 나를 쳐다보았다. 그리고 잠시 머뭇거리더니 내게 밀크 커피를 권한 것은 자기라고 덧붙여 말했다. 그 말에 변호사는 떠들썩하게 그것 보라는 티를 내며 배심원단은 이 대목을 제대로 평가하기 바란다고 언명했다. 하지만 검사가 우리들 머리 위에서 쩌렁쩌렁한 목소리로 외쳤다. 「그렇습니다, 배심원단 여러분. 부디 제대로 평가해 주시기 바랍니다. 그래야만, 무관한 제삼자는 커피를 권할 수 있을지 몰라도 아들이라면 자기를 낳아 준 분의 시신 앞에서 마땅히 그 커피를 거절해야 옳다는 결론에 도달할 수 있을 것 아닙니까.」 수위는 자기 자리로 되돌아갔다.

토마 페레의 차례가 되었을 때는 정리가 그를 증인석 난간까지 부축해 주어야 했다. 페레는 자신이 엄마를 각

별히 잘 알고 있었으며 나는 딱 한 번 장례식 날 보았을 뿐이라고 말했다. 내가 그날 무슨 행동을 하더냐고 묻는 질문에 그는 이렇게 대답했다. 「아시겠지만, 저 자신이 너무나 고통스러웠기 때문에 아무것도 보지 못했습니다. 힘들어서 아무것도 눈에 들어오지 않았습니다. 제게 그 일은 너무나 큰 고통이었으니까요. 저는 심지어 기절까지 했답니다. 따라서 뫼르소 씨를 눈여겨볼 수 없었습니다.」 차장 검사는 적어도 내가 우는 것은 목격했는지 물었다. 페레는 아니라고 했다. 그 말에 이번에는 검사가 〈배심원 여러분, 제대로 평가해 주시기 바랍니다〉라고 했다. 그러나 내 변호사가 성을 냈다. 그는 내가 듣기에는 다소 과장된 듯한 어조로 페레에게 〈내가 울지 않는 것을 본 적이 있는지〉 질문했다. 페레는 〈없습니다〉라고 대답했다. 청중이 웃음을 터뜨렸다. 그러자 변호사는 한쪽 소매를 걷으면서 단호한 목소리로 말을 이었다. 「바로 이것이 이 소송의 모습입니다. 모든 게 다 옳은 동시에 아무것도 옳지 않은 거죠!」 검사의 얼굴이 굳었다. 그는 서류철의 내지 속에 연필을 팍 꽂아 넣었다.

5분 동안의 휴식 시간에 변호사는 모든 게 최상으로 진행되고 있다고 했다. 휴식 시간이 지나자 피고 측 증인으로 셀레스트의 이름이 불렸다. 피고는, 그러니까 나를 의미했다. 셀레스트는 이따금씩 내 쪽으로 시선을 보내며 손으로 파나마 모자를 이리저리 굴렸다. 그는 간혹 어느 일요일에 나와 함께 경마장에 갈 때 입던 새 양복을 걸치고 있었지만, 깃을 달 여유는 없었는지 맨 셔츠를 달랑 구리 단추 하나로 잠그고 있었다. 내가 그의 고객이었는지 묻는 질문이 던져지자 그는 〈예, 친구이기도 합니다〉라고 답변했다. 그리고 나를 어떻게 생각하는가에 대해서는 내가 진짜 남자라고 말했다. 진짜 남자라니 무슨 뜻인가, 그에 대해서 셀레스트는 그 말이 무슨 뜻인지 모르는 사람은 아무도 없을 거라고 단언했다. 내가 폐쇄적인 사람이라고 생각하는가, 그 질문에 그는 쓸데없이 왈가왈부하는 것을 피하기 위해 말을 하지 않는 사람이라는 뜻에서만 그렇다고 인정하겠다 했다. 검사는 셀레스트에게 내가 한 달 치 밥값을 규칙적으로 지불했는지 물었다. 그러자 셀레스트는 웃으면서 〈그건 우리 둘만의 사사로운 사항인데요〉라고 잘라 말했다. 이어 또다시 그를 향해 내 범죄에 대해 어떻게 생각하느냐는 질문이 던져졌다. 그 질문과 함께 셀레스트는 두 손을 난간 위에 올려놓았다. 그가 무슨 말을 미리 준비해 왔다는 게 눈에 보였다. 그는 이렇게 답변했다. 「그건, 제가 보기에, 말하자면 하나의 불행이었습니다. 하나의 불행, 그 말이 무슨 뜻인지는 모든 사람이 다 알 겁니다. 불행은 사람을 속수무책으로 만드니까요. 그렇습니다! 저에겐 이게 그냥 불행한 일입니다.」 그는 말을 계속하려고 했지만 재판장은 됐다고, 고맙다고 했다. 셀레스트는 약간 저지당

한 셈이었다. 하지만 그는 좀 더 말하겠다고 단언했다. 그럼 짧게 하라는 명이 떨어졌다. 셀레스트는 또다시 그건 불행이었다고 되풀이했다. 그러자 재판장이 그를 향해 말했다. 「알았습니다. 그리고 우리는 바로 그런 종류의 불행에 판단을 내리기 위해 이 자리에 있는 것입니다. 고맙습니다.」 이 말에 셀레스트는 마치 자기 지론과 선의가 한계에 다다르고 말았다는 듯이 나를 돌아보았다. 그의 눈은 빛났고 입술은 바르르 떨리고 있는 것처럼 보였다. 그는 내게 또 해줄 일이 없는가 묻는 듯한 표정을 지었다. 나는 아무 말도 하지 않고 아무 신호도 보내지 않았다. 하지만, 난생 처음으로 남자에게 입을 맞추고 싶다는 생각이 들었다. 재판장이 재차 그에게 증인석을 떠나라고 명했다. 셀레스트는 증인석에서 내려와 다시 방청석에 가 앉았다. 재판이 지속되는 내내 그는 그 자리에 남아 몸을 약간 앞으로 기울여 무릎에 팔꿈치를 올리고 손에는 파나마 모자를 쥔 자세로 장내에 오가는 얘기들을 경청했다. 마리가 들어왔다. 그녀는 모자를 쓰고 있었고 여전히 예뻤다. 하지만 나는 마리가 머리를 풀어 헤친 편이 더 좋았다. 내가 있는 자리에서 나는 마리 젖가슴의 가뿐한 무게를 짐작할 수 있었고 또 언제나 약간 도톰하게 부풀어 있는 그녀의 아랫입술을 알아볼 수 있었다. 그녀는 굉장히 초조해 보였다. 곧 그녀에게 언제부터 나와 알게 되었느냐는 질문이 주어졌다. 마리는 자신이 우리 회사에서 일하던 시기를 댔다. 재판장은 그녀와 나의 관계가 무엇인지 물었다. 마리는 자기가 나의 여자 친구라고 했다. 또 다른 질문에 대해 그녀는 그렇다고, 우리 둘은 응당 결혼해야 옳다고 답했다. 검사가 서류를 뒤적이다 말고 느닷없이 우리가 정사를 갖기 시작한 것이 언제부터인지 물었다. 마리가 날짜를 댔다. 그러자 검사는 냉랭한 태도로 그날이 아마도 엄마가 죽은 다음 날인 것으로 생각된다고 지적했다. 그러더니 얼마간 이죽거리는 투로, 미묘한 상황을 두고 굳이 여러 말 하고 싶지도 않고 마리가 느낄 거리낌도 잘 이해하는 바이지만 (여기서 그의 말투는 한층 더 냉정해졌다), 그의 직업적 의무 때문에 결례를 할 수밖에 없겠다고 했다. 그러면서 그는 마리에게 내가 그녀와 알게 된 날 하루를 어떻게 보냈는지 요약할 것을 요구했다. 마리는 내키지 않아 했으나 검사의 재촉에 못 이겨 우리가 수영한 일이며 영화 보러 간 일, 그리고 나서 내 방으로 되돌아온 일을 진술했다. 그 말이 끝나자 검사는 마리가 예심 때 한 진술을 들은 후 자신이 그날의 영화 프로그램이 무엇이었는지 찾아보았다고 했다. 그리고, 마리에게 그때 극장에서 상영한 영화가 무엇이었는지 직접 제목을 말해 보라고 덧붙였다. 과연 마리는, 거의 아무런 높낮이도 갖지 않는 힘없는 목소리로, 그것은 페르낭델이 나오는 영화였다고 밝혔다. 마리가 그 말을 마쳤을 때 법정 안에는 쥐 죽은 듯한 침묵이 흘렀다. 검사가 자리에서 일어나더니, 매우 심각한 낯빛을 한 채 손가락으로 나를 가리켰다. 그리고 내가 보기에도 진짜 감정이 동요된 듯한 목소리로 천천히 말을 하기 시작했다. 「배심원 여러분, 저 사람은 자기 어머니가 사망한 바로 다음 날 해수욕을 하고, 여자와 난잡한 관계를 갖기 시작했으며, 코미디 영화를 보러 가 시시덕거렸습니다. 저는 여러분께 더 이상 무어라 드릴 말씀이 없습니다.」 그는 자리에 앉았다. 주위에는 여전히 침묵이 흘렀다. 그때 갑자기 마리가 울음을 터뜨리며 그런 게 아니라고, 다른 것도 있는데 사람들이 자신으로 하여금 생각하는 것과 반대되는 말을 하도록 억지로 몰아갔으며, 나라는 사람을 잘 아는데 나는 나쁜 일이라고는 눈곱만큼도 하지 않았다고 했다. 그러나 재판장이 신호를 보냈고, 그에 따라 정리가 와서 그녀를 데리고 나갔다. 공판은 계속되었다.

이어서 마송이 불려 나와 내가 진실된 사람이고 〈뿐만 아니라, 정직한 사람〉이라고 언명했으나 다들 그의 말을 듣는 둥 마는 둥 했다. 그다음엔 살라마노의 증언이 이어졌으나 역시 그의 말에 귀 기울이는 사람은 없다시피 했다. 살라마노는 내가 자기 개에게 친절히 대했다고 술회했고, 엄마와 나에 대한 질문이 나오자 내가 엄마와 더 이상 아무런 대화도 나눌 수 없게 되어 엄마를 양로원에 보내게 된 것이라고 대답했다. 그러면서 살라마노는 〈그런 건 이해해야 합니다, 이해해야 해요〉라고 말했다. 하지만 아무도 이해한 것 같지 않았다. 살라마노는 이끌려 나갔다.

그다음 레몽의 차례가 되었다. 그가 마지막 증인이었다. 레몽은 나를 향해 살짝 신호를 보내고 나서 곧바로 내겐 아무 죄가 없다고 했다. 그러나 재판장은 이 자리에 있는 사람들이 레몽에게 요구하는 것은 그의 주관적 판단이 아니라 객관적 사실이라고 천명했다. 그러면서 그에게 기다렸다가 질문을 듣고 난 후 대답을 하라고 했다. 레몽은 희생자와 어떤 관계인지 구체적으로 진술해야 했다. 그 기회를 이용해 레몽은 죽은 아랍인이 증오한 사람은 바로 레몽 자신이라고, 자신이 그의 누이의 따귀를 때린 후로 아랍인이 자기를 죽 미워해 왔다고 말했다. 재판장은 레몽에게 그렇더라도 희생자가 나를 증오할 이유는 없었느냐고 물었다. 레몽은 내가 해변에 있었던 건 순전히 우연의 결과라고 답했다. 그러자 검사가 사건의 발단이 되었던 편지는 어떻게 해서 내가 대신 쓰게 된 것인지 그 경위를 물었다. 레몽은 그것도 우연이었다고 답변했다. 그 말에 검사는 이 사건에서는 우연이 양심에 피해를 입힌 경우가 어째 이리 많았느냐고 쏘아붙였다. 그러면서, 레몽이 자기 정부를 때렸을 때 내가 끼어들지 않은 것도 우연이었는지, 내가 경찰서에 가서 그의 증인 노릇을 해준 것도 우연이었는지, 또 그 증언에서 내가 한 진술들이 순전히 빈말들로 밝혀진 것도 우연이었는지 알고 싶다고 했다. 마지막으로, 검사는 레몽에게 그의 생업이 무엇인지 물었다. 레몽이 〈창고업자〉라고 대답하자 차장 검사는 배심원들을 향해 증인이 포주 일을 하고 있다는 것은 주변이 다 알고 있는 사실이라고 밝혔다. 그러니까, 나는 포주의 공범이자 친구인 것이고, 이번 참극은 각종 치정 사건 중에서도 가장 저열한 것에 속하며, 더욱이 관련 범죄자가 도덕적으로 괴물과 다를 바 없는 자라는 점을 고려하면, 사안은 한층 더 심각하다는 것이었다. 레몽은 자기 입장을 변호하려고 했고 변호사는 항의를 했다. 그러나 그들에게는 검사의 말을 끝까지 들으라는 명령이 내려졌다. 검사는 말을 이었다. 「제가 덧붙일 말은 이제 거의 없습니다. 피고는 당신의 친구였습니까?」 자신을 향한 질문에 레몽은 〈예〉라고 대답했다. 그러자 검사는 내게도 같은 질문을 했다. 나는 레몽을 쳐다보았다. 레몽은 내게서 눈길을 거두지 않았다. 나는 〈예〉라고 답변했다. 내 말에 검사는 배심원단을 향하더니 이렇게 선언했다. 「자기 어머니가 사망한 다음 날 가장 수치스러운 방탕에 몸을 맡겼던 바로 그 사람이, 하찮은 동기에 의해, 평할 가치도 없는 풍기문란 사건을 해결하겠답시고 사람을 죽였습니다.」

그렇게 말한 후 그는 자리에 앉았다. 하지만 인내심이 한계에 달한 내 변호사는 고함을 지르며 두 팔을 들어

올렸다. 그 바람에 그의 법복 소매가 아래로 처지면서 풀 먹인 셔츠의 주름들이 드러났다. 「아니, 대체 피고가 어머니의 장례를 치른 것 때문에 기소된 것입니까, 아니면 사람을 죽여서 기소된 것입니까?」 그의 항변에 좌중이 웃음을 터뜨렸다. 그러나 검사가 다시 자리에서 일어났다. 그는, 법복을 위엄 있게 두른 채, 존경하는 변호사님처럼 과도하게 순진한 사람 아니고서야 이 두 가지 범주의 사실 사이에 심오하고 비장하며 본질적인 연관성이 있다는 것을 감지하지 못할 수는 없으리라 본다고 천명했다. 그러면서 그는 힘주어 외쳤다. 「그렇습니다. 저는 이 사람이 범죄자의 마음으로 어머니를 땅에 묻었음을 규탄하는 바입니다.」 그의 선언이 청중에게 상당히 큰 효과를 끼친 것 같았다. 내 변호사는 어깨를 으쓱하면서 이마에 흐르는 땀을 닦았다. 변호사 자신도 상당히 동요된 눈치였다. 나는 상황이 내게 불리하게 흘러가고 있음을 깨달았다.

공판이 끝났다. 법원에서 나와 호송차에 오를 때 나는 아주 잠깐 여름 저녁의 냄새와 색채를 알아보았다. 움직이는 감옥의 어슴푸레함 속에서 나는, 마치 내 피곤의 바닥에서부터 길어 올리듯, 내가 사랑했던 도시와 내게 흡족함을 안겨 주던 어떤 특정한 시각이 발산하는 온갖 친숙한 소리들을 하나하나 다시 발견했다. 이미 완만하게 누그러진 대기를 향해 솟아오르는 신문팔이들의 외침,

작은 공원에서 지저귀는 마지막 새들, 샌드위치 장수들이 손님 부르는 소리, 도시의 경사진 모퉁이를 돌아가는 전차들의 신음, 그리고 다리 위로 밤이 내리기 전 하늘에 번지는 저 수런거림……. 이 모든 것들이 내가 감옥에 들어가기 전부터 너무나 잘 알고 있던, 그러나 이제는 앞이 보이지 않는 맹목의 행로가 되어 가고 있었다. 그렇다. 때는 아주 오래전 내가 나 자신의 충만함을 느끼곤 하던 바로 그 시각이었다. 그 시절, 그 시간대에 나를 기다리던 것은 언제나 가볍고도 꿈 없는 잠이었던가. 하지만 무언가가 바뀌었다. 다음 날의 예비와 더불어 내가 다시 발견한 것은 나를 가두는 감옥이었으니 말이다. 여름 하늘 속에 그어지는 친숙한 길들은, 그것들이 무구한 잠으로 이어졌던 것만큼이나 쉽사리 감옥으로도 다다를 수 있는 것이었다.

# 4

비록 피고석에서일지언정, 자기 자신에 관해 남들이
늘어놓는 얘기를 듣는 일은 언제나 흥미롭다. 검사와 내
변호사 간의 공방이 벌어지면서 나에 관해 실로 많은 얘
기가 오갔는데, 어쩌면 그러면서 그들은 내가 저지른 범
죄보다는 나 자체에 대해 더 많이 말한 셈이었다. 게다
가, 그 둘의 변론이 진정 그토록 다른 것이었는가? 변호
사가 두 손을 들어 올리며 죄인을 변호한 후 용서를 구
한 사람이라면, 검사는 두 손을 뻗어 죄과를 고발하고
용서를 구하지 않은 사람이었을 뿐이다. 어쨌든 한 가지
사실이 막연하게나마 내 마음에 걸렸다. 조심을 하고 있
었음에도 불구하고 나는 때때로 이야기에 끼어들고 싶
었고, 그때마다 변호사는 내게 〈말하지 마세요. 그게 당
신 사건을 위해선 더 낫습니다〉라고 이르곤 했다. 어떤
식으로 보자면 그들은 나를 제쳐 놓고 내 사건을 다루고
있는 듯했다. 모든 것은 나의 개입이 배제된 채 진행되었

다. 내 운명이 내 의견의 반영 없이 처분되고 있었다. 나는 모든 이의 말을 중단하고 이렇게 말하고 싶었다. 〈하지만, 기소된 사람은 대관절 누구인 거지요? 기소된다는 건 중요한 일입니다. 따라서 나도 얼마간 할 말이 있다고요.〉 그러나 곰곰이 생각한 후, 나는 아무 말도 하지 않았다. 게다가 사람들을 잡아끄는 흥밋거리는 그다지 오래가지 않는다는 사실을 인정할 수밖에 없지 않은가. 예를 들어, 검사의 변론은 나를 급속도로 빨리 지치게 했다. 내 주의를 끌거나 관심을 불러일으킨 것은 따라서 전체 맥락으로부터 분리된 단편적인 말들이나 동작, 장광설 따위뿐이었다.

내가 제대로 이해했다면, 검사 생각의 골자는 내가 범죄를 사전에 계획했다는 것이다. 거기까지는 아니더라도, 적어도 그는 그 점을 입증하려고 했다. 그 자신도 직접 그 사실을 언급했다. 「여러분, 저는 그 증거를 대 보이겠습니다. 우선은 사실들의 명명백백한 자명성 하에, 그다음은 이 범죄적인 영혼의 심리가 제공해 줄 어두운 조명 하에, 이렇게 이중으로 말입니다.」 그러면서 그는 엄마의 죽음에서부터 시작해 그간 일어난 일들을 요약했다. 그는 나의 냉담한 태도와 엄마 나이를 모른 것, 그다음 날 여자와 수영하러 간 것, 극장, 페르낭델, 그리고 마지막으로 마리와 함께 집으로 되돌아온 일들을 환기했다. 그 대목에서 나는 검사의 말을 이해하는 데 약간 시간이 걸렸다. 왜냐하면 그가 〈피고의 정부〉라고 칭한 여자가 내게는 그냥 마리였기 때문이다. 그러고 나서 그는 레몽의 이야기로 넘어갔다. 나는 검사가 사건들을 보는 방식에 과연 명백성이 결여되지 않았다는 것을 알 수 있었다. 그가 말한 내용은 수긍할 만했다. 그에 의하면 나는 레몽과의 합의 하에 그의 정부를 유인하는 편지를 쓴 후, 그녀를 그처럼 〈도덕성이 의심스러운〉 사람의 폭력적인 손아귀에 넘겨 버렸다는 것이다. 그리고 해변에서는 레몽의 적수들에게 싸움을 걸었고, 레몽이 상처를 입자 그에게 권총을 달라고 한 후 그것을 사용하기 위해 혼자서 해변으로 되돌아갔으며, 그다음 미리 계획한 대로 아랍인을 쏴서 쓰러뜨렸고, 이후 잠시 뜸을 들였다가 〈하려던 일이 제대로 시행되었는지 확인하고자〉 침착하게, 또 확실하게, 말하자면 충분히 심사숙고한 뒤에, 또다시 네 발을 쐈다는 것이다.

〈이상입니다, 여러분. 저는 여러분 앞에서 저 사람이 어떤 식으로 시종일관 정황을 완벽히 파악하고 의도적으로 살인을 저질렀는지, 그 사건들의 연쇄를 재추적해 보았습니다〉라고 검사는 말했다. 그러면서 덧붙였다. 「이것이 제가 특히 역점을 두려는 부분입니다. 그도 그럴 것이, 이번 사건은 상황에 따라 죄질이 다소 가볍다고 정상을 참작할 수도 있을 만한 일반적인 살인, 즉 비의도적인 살해 행위에 해당되지 않으니까요. 여러분, 피고는 영리합니다. 그가 말하는 걸 들으셨죠? 대답할 줄 아는 사람입니다. 말 한마디 한마디의 가치를 잘 알고 있는 사람이에요. 그런 사람이 자신이 무슨 행위를 하는지 모르면서 엉겁결에 움직였다고는 도저히 생각할 수 없습니다.」

나도 그때 오가는 말을 경청하고 있었던지라 그들이 나에 대해 영리하다고 판단하는 말을 들을 수 있었다. 하지만 나는 평범한 보통 사람에게 장점이 되는 특질이 어떻게 해서 죄인에게는 무거운 짐이 될 수 있는 것인지 이해가 가지 않았다. 적어도 그것은 내게 깊은 인상을 남겼고, 그래서 그다음부터 나는 검사의 말을 듣고 있지 않았다. 내가 다시 검사의 말에 귀를 기울인 것은 그가 이런 말을 할 때였다. 「피고가 하다못해 후회한다는 말이라도 한 적이 있었습니까? 결코 없었습니다, 여러분. 예심이 진행되는 동안 저 사람은 단 한 번도 자신이 저지른 가증스러운 대죄로 인해 마음이 흔들린 적이 없습니다.」 그러면서 검사는 나를 향해 손가락질을 해대며 계속 나를 괴롭혔다. 사실 나는 어째서 그가 그러는 것인지 도무지 이해가 가지 않았다. 어쩌면, 나도 그가 옳다는 사실을 어쩔 수 없이 인정하고 있었는지도 모른다. 나는 내가 한 행위를 그다지 후회하고 있지 않았으니까. 그러나 그렇다 쳐도 그처럼 악착스러운 검사의 태도는 놀라울 정도였다. 나는 그에게 우정 어린 태도로, 아니 거의 애정을 담아서, 그동안 내게는 그 어떤 것에 대해 진정으로 후회할 겨를이 전혀 없었다고 설명해 주고 싶었다. 오늘 어떤 일이 일어날지, 내일은 또 어떤 일이 닥칠지, 항상 그 문제에 정신을 쏟고 있어야 했기 때문이라고⋯⋯. 하지만 당연하게도, 내가 처한 상황에서는 아무에게도 그런 어조로 말할 수 없었다. 나에게는 애정 어린 태도를 드러내거나 선의를 가질 권리가 없었다. 그래서 나는 또다시 검사의 말을 청취하고자 노력을 기울였다. 그는 이제 나의 영혼에 대해 말하기 시작했다.

그는 몸을 굽혀 나의 영혼을 들여다보려 했다며 말을 이었다. 그러나 거기서 저는 아무것도 발견할 수 없었습니다, 배심원 여러분. 그의 말로는, 진정 나에게는 영혼이란 것이 존재하지 않으며, 사람들의 마음을 지켜 주기 마련인 인간적인 자질이나 도덕적 원칙이 아예 발붙일 수 없다는 것이었다. 그러면서 검사는 덧붙였다. 「어쩌면 우리는 이 사실을 두고 그를 비난해서는 안 될 것입니다. 피고 자신이 애시당초 획득할 수 없는 것을 놓고 그에게 그 자질이 결여되었다고 개탄할 수는 없는 노릇이니까요. 그러나, 이 같은 법정 안에서라면, 관용이라는 지극히 부정적인 미덕은 그보다 덜 용이하나 더 고차원적인 미덕인 정의로 전환되어야만 합니다. 더구나, 여기 이 사람에게서 발견되는 것과 같은 텅 빈 심장이 자칫 한 사회를 무너뜨릴 심연이 될 수도 있을 경우에는 더욱 그러합니다.」 그러면서 그는 엄마에 대한 나의 태도를 문제 삼았다. 그는 변론 중에 이미 했던 얘기를 또다시 되풀이했는데, 그게 나의 죄에 대해 논할 때보다 훨씬 더 길었다. 그의 말이 어쩌나 길었던지 결국 나는 그날 아침결의 열기 외에는 아무것도 느낄 수 없게 되고 말았다. 적어도, 검사가 말을 끊고 침묵했다 잠시 후 아주 낮고 확신에 가득 찬 목소리로 다시 그다음 말을 잇기 시작할 때까지 내 상태는 그랬다. 「여러분, 내일은 바로 이 법정에서 중범죄 중에서도 가장 가증스러운 범죄인 친부 살해 사건을 재판하게 될 것인즉……」 그 잔혹한 범죄 앞에서 인간의 상상력은 그만 뒷걸음질 치고 만다, 검사 자신은 인간의 정의가 가차 없이 그 범죄자를 처단할 수 있기를 감히 희망해 보는 바이다, 그런데, 주저 없이 말하건대, 솔직히 그로서는 그 친부 살해 사건 앞에서 느끼는 전율보다도 지금 나의 냉정함 앞에서 느끼는 공포감이 거의 더 클 지경이라는 것이었다. 역시 검사에 의하면, 도덕적으로 자기 어머니를 죽일 수 있는 사람은 자기에게 세상 빛을 보게 해준 사람에게 살인자의 손길을 뻗치는 자와 동일한 자격으로 인간 사회로부터 격리되어야 하는 법이었다. 어느 모로 보나 전자는 후자의 행위를 예비하는 셈이고, (어찌 보면) 그것을 공고하고 공인하기 때문에……. 그러면서 그는 목소리를 높여 덧붙였다. 「여러분, 따라서 제가 저 피고석에 앉아 있는 사람을 두고, 그는 내일 이 법정에서 재판해야 할 친부 살해 사건에 대해서도 유죄

다라고 주장한다 해도 그 말이 지나치다고 생각지 않으시리라 저는 확신하는 바입니다. 결론적으로, 피고는 처벌받아야 합니다.」 이 대목에서 검사는 땀이 번들거리는 얼굴을 훔쳤다. 그리고 드디어 마지막으로, 비록 자신이 짊어진 임무가 고통스럽기는 해도 그것을 단호히 수행하겠다는 다짐을 밝혔다. 그러면서 그는 내가 사회의 가장 근본적인 규범조차도 모르는 이상 사회와는 아무런 관계도 없는 존재이며, 인간 마음의 근본적인 반응들이 무엇인지조차도 모르는 이상 그 마음에 대고 호소할 자격이 없다고 선언했다. 그는 말했다. 「저는 이 사람의 목을 요구합니다. 그러나, 저 목을 요구하는 제 마음은 평온합니다. 왜냐구요. 저는 이미 꽤 오랜 경력을 쌓아 오면서 종종 부득이하게 사형을 요구해야 했던 사람입니다. 그런데, 거역할 수 없는 신성한 계율에 대한 자각과 극악무도함 이외에 어떤 것도 읽어 낼 수 없는 한 인간의 얼굴 앞에서 제가 느낀 전율이 이 괴로운 임무를 오늘만큼 오늘만큼 보상해 주고 균형을 주고 밝게 비춰 준 적이 없었음을 실감했기 때문입니다.」

검사가 말을 마치고 자리에 다시 앉자 장내에는 꽤 오랫동안 침묵이 흘렀다. 나는 열기와 놀라움으로 인해 얼떨떨한 상태였다. 재판장이 약간 기침을 하고 나서 매우 낮은 음성으로 내게 덧붙일 말이 있는지 질문했다. 나는 자리에서 일어섰다. 그리고, 뭔가 말하고 싶었기 때문에,

약간은 두서없이 내게는 아랍인을 죽이려던 의도가 없었다고 말했다. 재판장은 그것은 일종의 단언일 뿐이며, 여태까지 내게 어떤 납득할 만한 자기방어 논리가 있는지 잘 파악할 수 없었던 이상, 변호사가 변론을 시작하기 앞서 범행을 저지르게 된 동기를 스스로 분명히 밝혀 주었으면 좋겠다고 답변했다. 나는 나 자신이 우스꽝스럽게 보인다는 사실을 십분 느끼면서, 빠르고 좀 조리 없는 말투로 그건 태양 때문에 일어난 일이었다고 말했다. 법정 안에 웃음이 터져 나왔다. 변호사는 어깨를 으쓱했다. 곧이어 그가 말할 차례가 되었다. 그러나 그는 이제 시간이 꽤 지났고 또 앞으로도 몇 시간을 끌어야 하는 만큼, 오후로 재판을 미룰 것을 제안한다고 했다. 그의 의견은 수렴되었다.

오후가 되었다. 커다란 선풍기들이 변함없이 실내의 무거운 공기 속을 휘젓고 배심원들이 든 색색의 작은 부채들은 하나같이 같은 방향으로 펄럭였다. 변호사의 변론은 도대체 끝나지 않을 기세였다. 그러다 어느 순간이 오자 갑자기 나는 그의 말에 귀를 기울이게 되었다. 그가 이런 말을 했기 때문이다. 「내가 그를 죽인 것은 사실입니다.」 그는 그다음에도 계속 그런 식으로 이야기했다. 내 얘기가 나올 때마다 번번이 〈그〉라고 하지 않고 〈나〉라는 인칭을 사용했다. 나는 몹시 놀랐다. 그래서 헌병을 바라보며 어째서 변호사가 저런 식으로 이야기하는 것이냐고 물어보았다. 그는 나보고 조용히 하라고 한 뒤, 잠시 후에 덧붙였다.「모든 변호사가 으레 저렇게 합니다.」나로서는, 그렇게 하는 것은 사건으로부터 또 한 차례 나를 떼어 내서 제로로 만들어 버리는 것이며 또 어떤 의미에서는 변호사 자신이 나를 대신하는 것이나 다름없다는 생각이 들었다. 그러니까, 생각건대 나는 이미 이 법정으로부터 아주 멀어진 지 오래였던 것이다. 게다가 내 변호사가 내 눈에는 우스꽝스럽게 보였다. 그는 매우 빠른 속도로 검사의 말은 선동이나 마찬가지라고 변호한 후 역시 내 영혼에 관해 언급하기 시작했다. 그런데 내게는 그가 검사보다 훨씬 더 재능이 부족하다고 여겨졌다. 그는 이렇게 말했다.「저 또한 몸을 굽히고 피고의 영혼을 들여다보았습니다. 그리고 검찰청을 대표하는 영명하신 검사님과는 달리 저는 그 속에서 무엇인가를 발견하였고, 그것이 무엇인지 즉석에서 읽어 낼 수 있었습니다.」그리하여 그가 내 영혼에서 읽어 낸 바에 의하면, 나는 정직한 사람이자 착실하고 근면하며 자신이 고용된 회사에 충실한 사원이었다. 모든 이에게 사랑받고 다른 이의 불행에 동정심을 느낄 줄 아는 사람이었다. 그가 보기에 나는 할 수 있는 한까지 노모를 부양했던 모범적인 아들이었다. 마지막으로, 내가 노모를 양로원에 보낸 것도 결국 나 자신의 재력으로는 제공하지 못하는 안락을 그 기관이 줄 수 있기를 기대했기 때문이었다. 그러면서 변호사는 이렇게 덧붙였다. 「여러분, 저는 이 양로원 문제를 두고 그토록 무성한 얘기가 오간 것이 심히 놀랍습니다. 이건 마치 이 같은 기관들이 과연 유용하고 중요한 것인지 입증을 하라는 셈인데요, 그렇다면 그 기관들을 지원하는 것이 바로 국가 자체라는 사실을 분명히 짚고 넘어가지 않을 수 없습니다.」 다만 변호사는 장례식 건에 대해서는 한마디도 언급하지 않았고, 나는 그것이 그의 변론에서 부족한 점이라고 느꼈다. 그 모든 장광설, 내 영혼의 문제를 논하던 그 끝없이 긴 나날들과 시간들로 인해 마치 모든 것이 무채색의 물로 변해 버리고 나는 그 속에서 현기증을 앓고 있는 기분이었다.

결국 그다음에 기억나는 것이라곤 변호사가 계속 말하고 있는 동안 거리로부터 건물 구내와 법정 전체를 거쳐 내가 앉아 있는 자리에까지 아이스크림 장사가 불어 대는 나팔 소리가 울려 펴졌다는 사실뿐이다. 가장 사소하면서도 그 무엇보다 오래가는 기쁨을 안겨 주었던, 하지만 지금은 더 이상 내게 속하지 않는 삶의 갖가지 추억들이 나를 엄습했다. 여름의 냄새들, 내가 좋아하던 거리, 저녁의 어떤 하늘빛, 마리의 웃음과 그녀의 원피스들……. 그러자 지금 이곳에서 내가 치르고 있는 이 모든 일의 부질없음에 대한 느낌이 목까지 차올라 왔다. 내게 시급한 일은 이제 단 한 가지였다. 어서 모든 것이 끝나 버렸으면. 그래서 감옥에 되돌아가 잠들 수 있었으면. 변호사가 마지막으로 배심원들을 향해 순간적으로 이성을 잃었던 정직한 노동자를 죽음으로 내몰지 말 것을, 이미 영원한 양심의 가책이라는 가장 확실한 처벌을 겪고 있는 그의 범죄에 대해 정상 참작을 베풀어 줄 것을 요청하는 외침이 들린 듯 만 듯 귓가에 울린 것은 그때였다. 재판이 잠시 중단되었고 변호사는 탈진한 기색으로 자리에 앉았다. 그의 동료들이 곁으로 다가가 악수를 청했다. 〈정말 대단했습니다〉라고 치하하는 소리가 들렸다. 그들 중 하나가 내 동의를 구하고자 나를 보며 〈그렇죠?〉라고 했다. 나는 그의 말에 수긍했다. 하지만 그 같은 나의 찬사가 정직하달 수는 없는 것이었다. 너무나 피곤해서 그냥 그렇다고 한 것이기 때문이었다.

바깥에서는 서서히 날이 기울기 시작했다. 더위도 사그라졌다. 길거리에서 들려오는 소리를 통해 저녁의 감미로움을 상상할 수 있었다. 그 자리에 모인 모든 사람들은 기다리고 있었다. 그리고 우리 모두가 기다리고 있는 것은 오직 나 자신과 관계된 일이었다. 나는 한 번 더 장내를 둘러보았다. 모든 것이 첫날과 같은 상태였다. 나는 회색 웃옷을 걸친 기자, 그리고 자동인형 같은 여자와 시선이 마주쳤다. 그러자 재판이 진행되는 내내 내가 마리가 어디 있는지 찾아보지 않았다는 사실이 떠올랐다. 마리를 잊었던 것이 아니라, 그러기엔 해야 할 일이 너무 많았다. 나는 셀레스트와 레몽 사이에서 그녀를 발견했다. 그녀는 마치 〈이제야〉라고 말하듯 내게 작은 신호를 보냈다. 약간 수심 어린 마리의 얼굴이 나를 향해 미소 지었다. 하지만 나는 마음이 너무나 굳어 버린 나머지 그녀의 미소에 아무런 화답도 할 수 없었다.

　재판이 재개되었다. 배심원들을 향해 일련의 질문들이 아주 빠른 속도로 낭독되었다. 내 귀에 〈살인자〉…… 〈사전 계획〉…… 〈정상 참작〉 따위의 말들이 들려왔다. 배심원들이 퇴장하고, 나는 처음에 대기할 때 들어갔던 작은 방으로 다시 인도되었다. 변호사가 나를 보러 왔다. 그는 매우 말이 많았으며 시종 그 어느 때보다도 확신과 친밀함이 밴 태도로 생각을 늘어놓았다. 모든 게 잘될 거라 봅니다. 감옥형이나 도형을 몇 년 치르고 나면 나올 수 있을 거예요. 나는 그에게 불리한 판결이 나올 경우 평결 파기의 기회를 가질 수도 있느냐고 물어보았다. 그는 아니라고 대답했다. 배심원단의 비위를 거스르지 않기 위해서 평결에 이의를 제기하지 않는 것이 애시당초 그의 전략이었다고 했다. 그러면서 그는 그렇게 아무것에나 무턱대고 판결을 파기하지는 않는다고 설명했다. 맞는 말 같았다. 나는 그의 생각이 옳다고 인정했다. 냉정하게 문제를 검토해 보면 그건 지극히 당연한 일이었다. 만약 그렇지 않다면 그 많은 서류 뭉치들을 쓸데없이 허비하는 셈이 될 것 아닌가. 변호사가 말했다. 「어쨌든 항소라는 것도 있으니까요. 하지만 나는 결과가 당신에게 유리

할 거라고 믿고 있습니다.」

　우리는 굉장히 오랫동안 기다렸다. 거의 45분 가까이 기다렸던 것 같다. 그 시간이 지나자 벨이 울렸다. 변호사가 내 곁을 뜨면서 말했다. 「배심원장이 의견서를 읽을 것입니다. 당신은 판결의 결과를 공표할 때에나 들어올 수 있습니다.」 문들이 삐걱거리는 소리가 났다. 층계에서 사람들이 뛰는 소리가 났다. 그들이 가까이 있는지 멀리 있는지 나로선 알 수 없었다. 그다음 법정 안에서 어떤 희미한 음성이 무언가를 읽어 내려가는 소리가 들렸다. 또다시 벨이 울리고, 피고석 쪽의 문이 열렸다. 나를 향해 장내의 침묵이 타고 올라왔다. 침묵. 그리고 젊은 기자가 시선을 돌려 버린 것을 확인한 순간 내가 느꼈던 그 이상한 감정. 나는 마리 쪽을 쳐다보지 않았다. 그럴 시간이 없었다. 재판장이 기묘한 표현을 사용해 가며 내가 프랑스 국민의 이름으로 공공의 장소에서 머리를 잘리게 되리라는 말을 했기 때문이다. 나는 그제야 내가 거기 모인 모든 사람들의 얼굴에서 읽었던 감정이 무엇인지 알 것 같았다. 나는 분명 그것이 배려심에 속하는 것이라고 믿는다. 헌병들은 내게 아주 부드럽게 대했다. 변호사가 내 손목에 자기 손을 올려놓았다. 나는 더 이상 아무 생각도 떠오르지 않았다. 재판장이 내게 덧붙일 말이 있는지 물었다. 나는 잠시 생각한 후 대답했다. 「없습니다.」 그러자 사람들은 나를 바깥으로 인도했다.

# 5

교도소 부속 사제의 면회를 거절한 것이 이번이 세 번째였다. 나는 그에게 아무 할 말이 없을뿐더러, 말이란 것을 하고 싶지 않다. 조속히 그를 보게는 되겠지만 말이다. 지금 내 관심을 끄는 문제는 정해진 기계적 과정을 피하는 것이 가능할지, 불가피한 것에 혹 어떤 탈출구가 있을지 아는 일이다. 내 감방이 바뀌었다. 새로 바뀐 감방에서는 누우면 하늘이 보인다. 그러므로 나는 오직 하늘만 본다. 나의 하루하루는 낮으로부터 밤으로 이르기까지 하늘의 얼굴에 떠오르는 색채들의 변화를 바라보는 것으로 지난다. 나는 누워서 두 손을 머리 밑에 고이고 기다린다. 사형수가 처형 전에 죽거나 경찰의 차단선을 뚫고 도망침으로써 가차 없는 메커니즘을 피했던 예가 과연 있었을까. 나는 그 질문을 얼마나 많이 던져 보았는지 모른다. 그리고 이전에 사형 집행에 관한 이야기들에 충분히 주의를 기울이지 않았던 일을 자책했다. 언제나 그런 종류의 문제들에 관심을 가져야 하는 법인데. 자신에게 어떤 일이 닥칠지 결코 알 수 없는 일이니 말이다. 다른 사람들과 마찬가지로 나도 신문에서 그에 관한 기사들을 읽기야 했다. 하지만 내가 미처 호기심을 갖고 들춰 보지 못했던 관련 전문 서적들이 필시 있을 것이다. 그 책들에서라면 아마도 도피에 관한 기록들을 발견할 수 있었을지도 모른다. 그랬더라면, 최소한 한 번쯤은 운명의 수레바퀴가 멈춰 서기도 했다는 것을, 그리하여 이 불가항력적인 사전 계획 속에서 우연과 기회가 단 한 번 무엇인가를 바꿔 놓았던 경우도 있었다는 것을 알게 되었을지도 모르는 일이다. 단 한 번! 어떤 의미에서 나는 그 정도만으로도 이미 충분했을 거라 믿는다. 그러면 나머지는 나의 마음이 알아서 했으리라. 신문에서는 종종 사회에 진 빚에 관한 얘기를 하곤 한다. 그들에 의하면 그 빚은 갚아야만 하는 것이다. 하지만 그런 얘기는 상상에 도움이 되지 않는다. 중요한 것은 도주의 가능성, 그러니까 가차 없는 제식의 바깥으로 도약하여 마치 온갖 희망의 기회를 제공해 줄 것만 같은 미칠 듯한 질주에 몸을 맡기는 일이다. 당연히, 희망이란 질주의 한복판에서 날아오는 총알을 맞고 길모퉁이에 쓰러지는 것 외에 다른 것이 될 수 없었다. 하지만 아무리 생각해 봐도 내게 그러한 호사가 허락될 리 만무했다. 모든 것이 나로부터 그와 같은 희망을 차단했고, 나는 다시금 메커니즘에

복속될 따름이었다.

나 자신의 선의에도 불구하고, 나는 이 이상야릇한 확실성을 도무지 받아들일 수 없었다. 그 확실성을 수립한 판결과 그 판결이 선포된 순간부터 발휘되기 시작한 그것의 냉정한 진행 사이에 존재하는 불균형은 가히 우스꽝스러울 정도였기 때문이다. 판결이 오후 5시가 아니라 저녁 8시에 낭독되었다는 사실, 그 내용이 경우에 따라 전혀 다를 수도 있었으리라는 사실, 판결이 꼬박꼬박 내의를 갈아입을 수 있는 사람들에 의해 정해졌으면서 프랑스 국민이라는(혹은 독일 국민이나 중국 인민이라는) 명확하지 않은 개념의 이름으로 선포되었다는 사실, 이 모든 것들로 인해 내게는 이런 종류의 결정이 가지는 진지성의 상당 부분이 제거된 느낌이었다. 한편, 그럼에도 불구하고 나는 판결이 떨어진 그 순간부터 그것의 효과가 내가 나의 몸을 짓찧고 있는 이 벽 전체의 존재만큼이나 확실하고 진지한 것이 되었다는 사실을 인정해야만 했다.

요새는 엄마가 생전에 아버지에 관해 들려주었던 이야기가 기억에 되살아났다. 나는 아버지를 본 적이 없었다. 아버지라는 남자에 대해 내가 구체적으로 알고 있던 사항이라곤 어쩌면 엄마가 당시에 해준 그 이야기가 전부였을 것이다. 그러니까, 아버지는 살인자의 처형을 구경하러 간 적이 있다 한다. 처형장에 간다는 생각만으로도 이미 아버지는 앓아누울 기분이었다. 그래도 그는 그것을 보러 갔고, 돌아오는 길에 아침에 먹은 음식의 일부를 토했다. 그 얘기를 들을 때만 해도 나는 아버지가 좀 혐오스럽다고 생각했다. 이제 와선 나도 이해하고 있다. 그것은 너무나 당연한 일이었다. 참수형의 집행보다 더 중요한 일은 아무것도 없으며, 결국 한 인간에게 진정 흥미로울 수 있는 유일한 것이 그것이라는 사실을 어째서 나는 미리 알지 못했을까! 앞으로 이 감옥에서 나갈 수 있다면 모든 참수형의 집행 광경을 빠짐없이 보러 다닐 텐데. 하지만 그럴 가능성을 상상한 것이 올바른 일은 아니었다 여겨진다. 어느 이른 아침, 경찰들의 차단선 뒤에, 말하자면 처형의 반대편에 자유로운 몸으로 서 있는 나 자신, 처형 장면을 보러 왔다 집행이 끝난 다음 먹은 걸 게워 낼 수도 있는 구경꾼의 자격으로 서 있는 나 자신의 모습을 떠올리는 것만으로도 중독적인 환희의 물결이 가슴께까지 차올랐으니까. 하지만 그건 이성적이지 못한 생각이었다. 그런 식의 가정에 선불리 몸을 맡기는 것은 옳지 않은 일이었다. 왜냐하면, 그러고 난 바로 다음 순간 나는 참을 수 없이 고통스러운 한기에 사로잡혀 담요 밑에 몸을 오그린 채 주체할 수 없이 이를 덜덜 떨어야 했기 때문이다.

하지만 사람이 언제나 합리적일 수만은 없는 것이 당연한 이치다. 그러므로, 가령 또 다른 때에 나는 머릿속으로 법안을 기획하고 형법 제도를 개혁하기도 했다. 나는 이제 핵심은 사형수에게 한 번의 기회를 더 주는 데 있다는 사실을 마음에 새기고 있었다. 천 번에 딱 한 번 꼴의 기회를 주는 것, 그것만으로도 충분히 많은 것을 조절할 수 있는 것이었다. 이렇게 해서 내게는, 수형자를 (나는 사형수를 참고 감내하는 수형자라고 생각하고 있었다) 열 번 복용당 아홉 번의 확률로 죽일 수 있는 특별한 조합의 화학 약품을 생산하는 일도 있음 직해 보였다. 조건이 있다면, 수형자가 그 사실을 알고 있어야 한다는 점이다. 내가 이런 생각을 하게 된 이유는 두말할 것 없이 단두대의 칼날이 지닌 결함은 그것이 아무런 기회도, 절대적으로 그 어떤 기회도 주지 않는 데 있다는 것을, 곰곰이 따져 보고 냉정하게 상황을 고찰한 결과 확인했기 때문이다. 결국 단 한 번에 수형자의 죽음은 돌이킬 수 없이 결정되어 버리고 만 셈이 아닌가. 그것은 그렇게 해서 이미 처리된 사건, 요지부동의 계획, 합의가 끝나 재검토란 결코 있을 수 없는 사안이 되어 버린다. 그러므로 만약 놀라운 기적에 의해 처형에 실패할 경우, 모든 것을 처음부터 다시 시도해야만 한다. 따라서 수형자는 차라리 기계가 제대로 잘 작동하기를 바라고 있어야만 하는 것이다. 웃지 못할 결론이다. 나는 이 점이 결함에 해당한다고 보며, 또 그것은 어떤 의미에서 사실이다. 하지만 다른 의미에서 볼 때 또한 나는 훌륭한 조직의 비결 전체가 바로 거기에 있다는 점도 인정해야만 했다. 요컨대, 처벌받는 이는 정신적으로 처형에 협조할 수밖에 없다. 처형의 모든 과정이 아무런 흠결 없이 진행될 것, 바로 그것이 수형자의 관심사가 되어 버리는 것이다.

　나는 또 지금까지 이런 문제들에 대해 지금까지 나 자신이 정확하지 못한 생각을 가지고 있었다는 점도 확인해야만 했다. 오랫동안 나는, 왜인지는 모르겠으나, 단두대에 이르려면 여러 개의 발판을 딛고 처형대로 올라가야 한다고 믿었다. 아마도 1789년 대혁명의 영향이 아닐까 한다. 다시 말해 그 문제에 관해 사람들이 가르치거나 시사해 주었던 모든 것 때문이라는 뜻이다. 하지만 어느 날 아침, 문득 나는 상당히 시끌벅적했던 어떤 처형 사건을 계기로 신문에 실렸던 사진 한 장이 기억났다. 사실 기계는 세상 그 어떤 것보다도 단순하게 그냥 땅바닥에 놓여 있었다. 그리고 내가 생각했던 것보다 훨씬 더 폭이 좁았다. 좀 더 일찍 거기 생각이 미치지 못했다니, 꽤 우스운 일이었다. 사진 속 그 기계의 정밀하고 완벽한, 마치 반짝거리는 공작품 같은 외양은 내게 강한 인상을 남겼다. 사람은 자신이 알지 못하는 바에 대해서는 언제나 과장된 생각을 지니기 마련이다. 반대로, 나는 모든 것이 그저 단순할 따름이라는 사실을 확인하지 않을 수 없었다. 기계는 그것을 향해 걸어가는 사람과 같은 높이에 위치한다. 사람은 그 기계에 마치 다른 사람을 만나러 가

듯 다가간다. 이 점 역시 난처했다. 왜냐하면 교수대를 향해 한 발 한 발 계단을 오르는 것, 하늘 한복판으로 상승하는 것, 이런 것들이 대체로 사람의 상상력을 사로잡는 영상들이기 때문이다. 반면 기계는 이 대목에서도 한 번 더 모든 것을 부숴 버렸는즉, 죄인은 그냥 신중하게, 소량의 수치심과 다량의 정확성에 의해 죽임을 당한 것일 뿐이었다.

그 외에도 내가 줄곧 생각한 문제가 두 가지 더 있다. 새벽과 항소가 그것들이었다. 그 문제들이 뇌리에서 떠나지 않았음에도 어쨌든 나는 이성적으로 판단을 내리고 더 이상 거기에 대해서 생각하지 않고자 노력했다. 그리고 침대에 누워서 하늘을 바라보곤 했다. 나는 그 하늘에 흥미를 가지고자 애썼다. 하늘의 색이 초록색으로 변하면 그건 저녁이었다. 나는 생각의 흐름을 바꾸기 위해 또다시 노력을 기울여, 이번엔 내 심장의 소리를 들었다. 그토록 오랫동안 나를 쫓아다닌 이 소리가 영원히 멈출 수 있다는 것을 상상할 수 없었다. 나는, 이전에 정말로 상상력을 발휘해 본 적이 한 번도 없었음에도, 그래도 이 심장 소리가 더 이상 내 머릿속으로 전달되지 않는 어떤 순간을 떠올려 보고자 했다. 헛수고였다. 새벽, 또는 항소가 여전히 머릿속을 떠나지 않았다. 결국 나는 가장 이성적인 행동이란 나 자신을 거스르지 않는 것이라고 생각하기에 이르렀다.

그들이 새벽녘에 나를 찾으러 오곤 했다는 것을, 나는 알고 있었다. 결국 나는 나의 저녁들을 그 새벽을 기다리는 데 썼다. 나는 기습당하는 것을 결코 좋아하지 않았다. 내게 어떤 일이 닥칠 때 그 준비가 되어 있는 편이 더 낫다. 이렇게 해서 나는 낮시간에만 약간 자고 밤에는 내내 참을성 있게 창유리로 하늘의 새벽빛이 터오는 것을 기다리게 되었다. 가장 참기 힘든 때는 통상 그들이 임무를 수행하는 시간대라 알고 있는 무렵으로 접어들 즈음이었다. 자정이 지나면 나는 기다리며 동정을 살폈다. 내 귀가 그처럼 많은 소리를 포착하고 그토록 희미한 음들을 분간해 낸 적은 일찍이 없었다. 게다가 그 모든 시간 내내 발소리를 들은 적이 한 번도 없었으니, 그리고 보면 내가 운이 좋았다고 할 수도 있겠다. 엄마는 종종 사람이 결코 완벽하게 불행해지는 법은 없다고 말하곤 했다. 하늘이 채색되고 새 빛이 내 독방 안으로 스며드는 시간이 오면, 나는 나의 감옥에서 엄마의 말에 동의했다. 왜냐하면, 간밤에 발소리를 듣지 말란 법도 없었고, 또 만약 그랬다면 내 심장은 터져 버렸을지도 모르니까. 비록 아주 사소한 기척에도 문으로 달려가 나무 널판에 귀를 찰싹 붙이고 정신없이 기다리다 잠시 후 나 자신의 숨소리, 마치 개의 헐떡임처럼 으르렁거리는 그 소리를 듣고 스스로 놀랄지언정 내 심장은 아직까지 터지지 않았고 나는 또다시 24시간을 확보한 것이었다.

하루 종일, 항소의 문제는 나를 떠나지 않았다. 그리고 내가 보기에는 이 문제에 대한 생각에서 내가 최상의 결론을 건진 듯하다. 나는 내가 가질 수 있는 여러 가지 결과를 따져 보고 나의 추론으로부터 거둘 수 있는 최상의 결과를 취하곤 했다. 나는 언제나 가장 나쁜 가정부터 선택했다. 항소가 기각된다면? 〈뭐, 그럼 죽는 거지.〉 이는 그 어떤 것보다도 자명한 답이었다. 삶이 그다지 살 만한 가치가 없다는 것은 누구나 아는 사실이 아닌가. 근본적으로 따지고 보면 서른에 죽으나 일흔에 죽으나 별 중요한 차이가 없다는 것을 나는 모르지 않았다. 당연한 얘기지만 그중 어느 경우가 됐든 다른 남자들과 다른 여자들은 여전히 살아갈 것이며, 이것은 수천 년 동안 지속되어 온 일인 것이다. 결국 그보다 더 확실한 것은 없었다. 지금 죽든 20년 후에 죽든, 어쨌든 죽는 것은 항상 나였다. 다만 추론을 하면서 그 대목에 이르렀을 때 약간 곤란했던 것은, 앞으로 살 수 있을 20년을 생각하는 것만으로도 내 안에 어마어마한 흥분이 차오르는 것이 느껴진다는 점이었다. 나로서는, 그 20년을 살고 어쨌든 다시 이런 상황에 이르렀다 할 때, 그때 내 생각은 과연 어떠할지를 상상하며 흥분을 억누르는 방법밖에 없었다. 사람이 죽는 순간을 놓고 보면, 언제 어떻게 죽는가는 중요하지 않다. 그것은 명확한 사실이다. 따라서…… (난점은 추론에서 이 〈따라서〉라는 말이 대변하는 모든 것을 결코 시야에서 놓치지 않는 데 있다) 따라서, 나는 항소를 거부하는 편을 택해야 했다.

그리고 나는 그 순간, 오직 그 순간에 이르러서야 두 번째 가정에 접근할 일종의 권리랄 것을 나 자신에게 부여하고 허용하였다. 그러니까, 만약 내가 사면된다면? 곤란한 점은, 그 생각을 하는 순간 미칠 듯한 기쁨으로 눈을 가격하는 피와 몸의 충동을 굳이 누그러뜨려야 한다는 사실이었다. 나는 함성을 억누르고 그것을 사리에 맞게 다독이고자 애써야 했다. 첫 번째 가정으로부터 도달한 결론인 단념을 보다 그럴 법하게 만들기 위해서는 이 두 번째 가정에서조차 역시 나 자신이 자연스러워야 했다. 거기에 성공하고 나면 나는 한 시간 정도의 평온을 얻을 수 있었다. 그리고 어쨌거나 그것은 고찰할 만한 사항이었다.

내가 한 번 더 부속 사제의 방문을 거절한 것은 대충 그와 같은 시기였다. 나는 누운 채 하늘에 비치는 어떤 금빛 기운으로 미루어 여름 저녁이 다가오고 있음을 가늠하고 있었다. 나는 막 항소를 하지 않기로 결론을 내리고 나서 내 몸속을 규칙적으로 지나는 피의 흐름을 느끼는 중이었다. 사제를 만날 필요는 없었다. 아주 오랜만에 처음으로 나는 마리를 생각했다. 마리가 내게 편지를 보내지 않은 지도 오래되었다. 그날 저녁 나는 여러 생각 끝에 아마 그녀도 지금쯤은 사형수의 정부 노릇을 하는

데 지치고 말았을 거라고 혼잣말을 했다. 그녀가 어쩌면 아프거나 죽었을지 모른다는 생각도 떠올랐다. 당연한 일이었다. 이제 따로 떨어져 있는 우리 둘의 몸 외에 마리와 나를 묶어 주거나 서로를 서로에게 상기시켜 줄 수 있는 것이라곤 아무것도 없는데, 내가 어떻게 알겠는가? 게다가 어쩌면 바로 그 순간부터 마리의 추억이 내게는 무연한 것이 되었는지도 모르겠다. 마리는 죽어 버려 더 이상 내게 흥미를 불러일으키지 않았다. 나는 그것이 당연하다고 여겨졌다. 내가 죽은 후에 사람들이 나를 잊어버리리라는 것이 십분 이해되는 것과 마찬가지 이치였다. 그들은 이제 나와 아무런 관계가 없었다. 그리고 나는 그 사실이 생각하기 힘든 일인지, 그것조차 말할 수 없었다.

사제가 들어온 것은 바로 그 순간이었다. 나는 그의 모습을 보고 약간 몸을 떨었다. 사제도 그것을 알아차리고 내게 두려워하지 말라고 말을 건넸다. 나는 그에게 통상 다른 시간에 방문하지 않느냐고 물었다. 그는 이것은 그저 전적으로 우정 어린 방문일 뿐 내 항소와는 아무 관련이 없으며, 자신은 그 문제에 관해서 전혀 아는 바 없다고 대답했다. 그는 내 침대 위에 걸터앉더니 나보고 가까이 오라고 권유했다. 나는 거절했다. 어쨌거나 그는 아주 부드러운 태도를 지닌 사람이었다.

그는 한동안 무릎 위에 팔을 올리고 자기 손을 물끄러

미 내려다보며 앉아 있었다. 그의 두 손은 가늘고도 근육이 잡혀 있어서 두 마리의 민첩한 동물을 연상시켰다. 사제는 천천히 두 손을 비볐다. 그런 후 다시 종전과 같은 자세로 머리를 수그리고 있었다. 그가 퍽 오랫동안 그러고 있었기 때문에 나는 어느 순간 그의 존재를 잊어버렸던 것 같다.

그러나 그가 별안간 고개를 들더니 나를 정면으로 쳐다보며 질문을 던졌다. 「어째서 그동안 나의 방문을 거절한 겁니까?」 나는 신을 믿지 않는다고 대답했다. 그러자 그는 내가 과연 그 점을 확신하는지 알고자 했다. 나는 새삼 그 문제를 자문할 필요는 느끼지 않는다고 대답했다. 「제가 보기에 그건 중요하지 않은 질문이니까요.」 그러자 그는 몸을 뒤로 젖혀 벽에 등을 기대고 두 손을 양 허벅지 위에 평평하게 펼쳐 놓았다. 그리고 거의 나들으라고 하는 말이 아닌 듯한 태도로, 본인은 확신한다고 믿지만 막상 실제로는 그렇지 않은 경우도 가끔 본다고 중얼거렸다. 나는 아무런 대꾸도 하지 않았다. 그러자 사제는 나를 쳐다보며 물었다. 「어떻게 생각합니까?」 나는 그럴 수도 있겠다고 말을 이었다. 어쨌든 저는 제가 어떤 것에 실제로 흥미를 느끼고 있는지 확신하지 못하는 경우는 있어도, 반대로 어떤 것에 흥미를 느끼지 않을 때는 그 사실을 완벽히 확신합니다. 그리고 마침 지금 말씀하신 내용은 제게 아무런 흥미를 불러일으키지 않는

군요.

사제는 눈을 돌렸다. 그리고 여전히 자세를 바꾸지 않은 채, 내가 그렇게 말하는 이유는 어쩌면 과도한 절망 때문이 아닌가 하고 물었다. 나는 절망하고 있지 않다고 해명했다. 다만, 무섭기는 합니다. 그리고 그건 아주 당연한 일 아닐까요. 그러자 사제가 지적했다.「그렇다면 신께서 당신을 도울 것입니다. 제가 알았던 당신 같은 경우의 사람들은 모두 신께 귀의했습니다.」나는 그건 그 사람들의 권리라고 했다. ……그뿐 아니라 그들에게 그럴 시간이 있었다는 증거이기도 하고요. 하지만 저는 남들의 도움을 원치 않습니다. 그리고 그냥 무엇보다도 제게는 통 관심이 가지 않는 문제에까지 관심을 기울일 시간이 없어요.

그 순간 사제의 손이 신경질적인 움직임을 보였다. 그는 다시 몸을 일으켜 사제복의 주름을 매만졌다. 손질을 마친 그는 나에게 다가서며 나를 〈친구〉라고 불렀다. 그리고 내가 당신을 친구라 부르는 이유는 당신이 사형수여서가 아니라, 우리는 너 나 할 것 없이 죽음에 처해 있다는 생각이 들어서 입니다. 그러나 그 대목에서 나는 그의 말을 자르고, 그건 같지 않다, 게다가 어떤 경우든 그것이 위로가 될 수는 없다고 말했다. 그도 동의했다.「확실히 그렇긴 합니다. 그러나 당신이 오늘 죽지 않는다 해도 나중 언젠가는 죽게 되어 있습니다. 그때 또다시 같은 질문이 던져질 테고요. 그때 그 무시무시한 시험에 당신은 어떻게 대처할 것입니까?」 나는, 바로 지금 이 순간 대처하는 것과 정확히 같은 방식으로 대처할 것이라고 대답했다.

그 말에 사제는 자리에서 일어나 내 눈을 똑바로 쳐다보았다. 그건 나도 잘 알고 있는 장난이다. 예전에 종종 에마뉘엘이나 셀레스트하고 그러고 놀곤 했다. 대체로 그들은 이내 눈길을 돌리곤 했다. 사제도 이 놀이를 잘 알고 있다는 사실을 나는 금방 알아차렸다. 그러나 그의 시선은 흔들리지 않았다. 내게로 향하는 그의 목소리도 마찬가지였다. 「그러니까 당신은 아무런 희망도 품지 않고, 그처럼 전적으로, 송두리째 죽고 말리라는 생각을 품은 채 살겠다는 말입니까?」 〈예〉라고 나는 대답했다.

그 말에 그는 고개를 숙이고 다시 자리에 앉았다. 그리고 나를 동정한다고 말했다. 그의 판단으로는, 그런 것은 한 인간으로서 견디기 불가능한 일이라는 것이었다. 한편 나로서는 사제가 슬슬 지겨워질 따름이었다. 이번에는 내가 몸을 돌려 채광창 아래로 갔다. 나는 벽에 어깨를 기댔다. 그가 또다시 내게 던지기 시작하는 질문들을 대충 흘려듣고 있는데, 그의 말소리가 점차 불안하고 다급해져 갔다. 나는 그가 동요하고 있음을 깨닫고 그의 말에 좀 더 귀를 기울이기 시작했다.

그는 내 항소가 받아들여지기야 하겠지만, 그러나 내

가 죄의 짐을 짊어지고 있는 이상 그 짐을 내려놓아야 마땅하다는 자신의 확신을 밝혔다. 그에 따르면, 인간들의 정의는 아무것도 아니며 신의 정의만이 전부라는 것이었다. 나는, 나에게 형을 선고한 것은 신의 정의가 아니라 인간들의 정의라는 점을 지적했다. 사제는 그렇다고 해서 그 정의가 신에 대한 죄를 씻어 내지는 못했다고 대답했다. 나는 신에 대한 죄라는 것이 대체 무엇인지 모르겠다고 했다. 제가 사람들로부터 배운 사실은 저 자신이 다만 인간에 대해 유죄라는 점뿐입니다. 제가 유죄인 이상 저는 그 값을 치를 것이고, 그리고 아무도 제게 그 이상의 것을 요구할 수는 없습니다. 그 순간 사제는 또다시 자리에서 일어났다. 나는 이처럼 좁은 감방에서는 그가 움직이고 싶었댔자 아무런 선택의 여지가 없으리라 생각했다. 앉거나 일어서거나, 그 둘밖에 없는 것이다.

나는 땅바닥을 뚫어져라 쳐다보았다. 그는 내게로 한 발짝 다가서다, 마치 더 이상 다가설 엄두가 나지 않는다는 듯이 발을 멈췄다. 그는 철창 너머로 하늘을 바라보면서 말을 이었다. 「당신은 그릇된 생각을 하고 있는 것입니다, 나의 아들이여. 당신에게 그 이상의 것을 요구할 수도 있는 법입니다. 아마도 사람들은 당신에게 그 이상의 것을 요구할 것입니다.」「대체 뭘 말입니까?」「당신에게 볼 것을 요구할 수 있을 겁니다.」「뭘 보라는 거지요?」

사제는 주위를 돌아보다 별안간 매우 지친 듯 느껴지

는 음성으로 대답했다. 「여기 이 모든 돌덩어리들에서는 고통이 배어 나오고 있지요. 나는 그 사실을 압니다. 나는 이것들을 바라볼 때마다 여지없는 불안을 느껴요. 그러나 또한 나는, 당신들 가운데서도 가장 불행한 자들이 자신들의 어둠으로부터 신의 얼굴이 솟아오르는 걸 목격했다는 것도 마음 깊이 알고 있습니다. 당신에게 보라고 권유하고 싶은 것은 바로 그 신성한 얼굴입니다.」

나는 여기서 약간 흥분했다. 그래서, 내가 이 벽들을 쳐다보고 산 지도 여러 달 되었다고 대답했다. 이 세상에서 그 어떤 것보다도, 어떤 사람보다도 내가 잘 알고 있는 것이 바로 이 벽들일 것이다, 아마도 아주 오래전에는 나도 이것들에서 어떤 얼굴을 찾았던 것 같다, 그렇지만 그 얼굴은 태양의 빛깔과 욕망의 불꽃을 지니고 있었다, 그건 마리의 얼굴이었으니까, 난 헛되게도 거기서 마리의 얼굴을 찾았다, 하지만 이제 다 끝났고, 어쨌거나 난 그 피땀 흘리는 돌덩어리에서 무언가 떠오르는 따위는 한 번도 본 적 없다……

사제는 일종의 슬픔이 어린 눈빛으로 나를 바라보았다. 나는 이제 완전히 벽에 등을 기대고 있었다. 햇빛이 내 이마로 흘러내렸다. 사제가 뭐라고 말했으나 나는 알아듣지 못했다. 그러자 그는 아주 빠른 어조로 내게 입 맞춰도 되겠느냐고 물었다. 〈아니요〉라고 나는 대답했다. 그는 뒤를 돌아 벽 쪽을 향해 걸으며 한 손으로 천천히 벽을 쓰다듬었다. 그러면서 중얼거렸다. 「그러니까 당신은 그 정도로 이 지상을 사랑한다는 말입니까?」 나는 아무 대답도 하지 않았다.

그는 꽤 오랫동안 등을 돌리고 서 있었다. 그가 거기 있다는 사실이 내게는 버겁고 성가셨다. 내가 막 그에게 이제 그만 가보라고, 혼자 있고 싶다고 말하려던 참이었다. 돌연 그가 나를 향해 돌아서며 비명을 지르듯 외쳤다. 「아니요, 나는 당신을 믿을 수가 없습니다. 나는 당신이 또 다른 삶을 희구했던 적이 틀림없이 있었으리라 확신해요.」 나는 그에게 당연하다고, 하지만 그렇다고 해서 그것이 부자가 되기를 희망하거나 좀 더 빨리 헤엄칠 수 있기를, 아니면 좀 더 예쁘게 생긴 입을 갖기를 바라는 것보다 더 중요한 건 아니라고 대답했다. 그것들은 결국 다 마찬가지 것들이니까요. 그러나 사제는 말을 가로막으며 내가 떠올리는 또 다른 삶이란 대체 어떤 것인지 알고 싶어 했다. 그래서, 나는 그를 향해 소리 질렀다. 「지금 이 삶을 회상하는 것이 가능할, 바로 그런 삶요!」 그리고 그와 동시에 이젠 지긋지긋하다고 털어놓았다. 사제는 또다시 내게 신에 관한 얘기를 꺼내려 했으나 나는 그에게 다가가 내게는 이제 정말 시간이 얼마 남지 않았다는 것을 마지막으로 설명하고자 했다. 보세요, 저는 이 얼마 남지 않은 시간을 신으로 허비하고 싶지 않습니다. 그러자 그는 주제를 바꿔 어째서 내가 자신을 〈나의 아버지〉라고 부르지 않고 〈선생님〉이라고 부르는지 물었다. 이 말은 내 신경을 건드렸고, 그래서 나는 그에게 당신은 내 아버지가 아니라고 대답했다. 사제, 당신은 내 아버지가 아니라 그냥 다른 이들하고 같이 있는 사람이에요.

그러자 사제는 내 어깨에 손을 얹으며 말했다. 「그렇지 않습니다, 나의 아들이여. 나는 당신과 함께 있어요. 다만 당신이 그것을 모르는 것입니다. 마음이 눈멀어 있기 때문이에요. 나는 당신을 위해 기도할 것입니다.」

그 순간, 나도 왜인지 모르겠지만, 내 안의 어떤 것이 터져 버리고 말았다. 나는 목이 터져라 절규하며 그에게 욕을 퍼부었다. 나는 그에게 기도 같은 것 하지 말라고 했다. 그리고 그의 법복 깃을 그러쥐고 내 마음속에 담겨 있는 모든 것을 기쁨과 분노가 뒤섞여 격앙된 상태로 쏟아 냈다. 당신은 그처럼 확신에 찬 표정을 하고 있어, 그렇지? 하지만 당신이 확신하는 것들 중, 여자의 머리카락 단 한 올만큼의 가치라도 갖는 건 아무것도 없어. 심지어 당신에겐 당신 자신이 살아 있는 것인지조차도 확실치 않을 거야. 마치 시체처럼 살고 있으니 말이야. 반면 이 나는, 마치 두 손이 텅텅 빈 사람같아 보이겠지. 하지만 난 나 자신에 대해 확신하고 모든 것에 대해 확신해, 당신보다도 더. 나는 내 삶과 이제 곧 닥칠 죽음에 대해 확신해. 그래, 나한텐 그것밖에 없군. 하지만 적어도 나는 그 진실을 꽉 움켜쥐고 있어. 그 진실이 나를 꽉 쥐고 있는 것과 마찬가지로 말이지. 나는 이전에도 옳았고 여전히 옳고, 언제나 옳아. 난 이런 식으로 살았어. 아마 다른 식으로 살 수도 있었을 테지. 나는 이런 걸 했고, 저런 걸 하지 않았어. 이런 일을 하지 않는 대신 다른 일을 했지. 그래서 어떻게 됐느냐고? 바로 이렇게. 마치 내내 이 순간만, 어쩌면 내 무죄가 입증될 수도 있을 저 이른 새벽만 줄기차게 기다려 왔던 것처럼 되었어. 아무것도, 정말 아무것도 중요하지 않고, 그 이유가 뭔지 난 잘 알고 있어. 당신도 그 이유를 잘 알고 있을 거야. 내 미래의 깊은 곳으로부터, 이제껏 내가 살아온 이 터무니없는 생애 전체에 걸쳐, 아직 오지 않았던 세월을 거스르는 어두운 바람이 내게로 불어와. 내가 살아 있다는 사실만큼이나 실감 나지 않는 저 무수한 세월과 함께 내게 약속된 모든 것들이 그 바람에 쓸려 가며 다 같은 것이 되어 버려. 다른 사람들의 죽음, 엄마에 대한 사랑이 다 무슨 소용이야. 당신이 말하는 신, 사람들이 선택하는 저마다의 삶, 그들이 고른 운명이 이런들 어떻고 저런들 뭐가 중요할까. 유일한 하나의 운명이 하필 나 자신을 뽑아 들어야 했고, 그럼으로써 나와 더불어 무수히 많은 특권자들까지도 한꺼번에 자동으로 선택했는데. 그들 또한 당신처럼 자기들이 나의 형제라고들 하지. 이해하겠어? 그러니까 내 말 이해되느냐고. 모든 사람이 다 특권자

야. 특권자들만 있어. 다른 사람들 역시 언젠가는 단죄
되고 말겠지. 당신도 마찬가지로 단죄될 거야. 당신이
살인 때문에 기소되었다가 자기 엄마 장례식 날 울지 않
았다는 이유로 처형당했다 한들, 그게 뭐? 살라마노의
개도 그 사람의 마누라만큼 소중해. 자동인형 같은 그
작은 여자도 마송이 결혼한 파리 출신 여자만큼이나, 아
니면 나랑 결혼했으면 하던 마리만큼이나 유죄야. 레몽
이 그보다 가치 있는 셀레스트와 마찬가지로 내 친구란
사실이 뭐가 그리 중요한데? 셀레스트는 레몽보다 나은
가? 마리가 오늘 새로운 뫼르소에게 입술을 허락하건
말건, 무슨 상관이겠어? 당신 이해하느냐고, 이 사형수
를. 그러니까, 내 미래의 깊은 곳으로부터…… 나는 악
을 쓰며 이 모든 말을 퍼붓느라 숨이 막힐 지경이었다.
그러나 이미 사람들이 사제로부터 내 손을 떼어 내고 있
었다. 간수들이 나를 위협했다. 그러나 사제는 그들을
진정시키며 한동안 아무 말 없이 나를 바라보았다. 그
눈에는 눈물이 가득 고여 있었다. 그는 몸을 돌려 바깥
으로 나갔다.

그가 떠나고 나서야 나는 안정을 되찾았다. 몸에 기운
이 하나도 없었다. 나는 침대에 몸을 던졌다. 아마 잠이
들었던 것 같다. 다시 눈을 떠보니 얼굴 위로 별들이 보
였다. 들판에서 나는 소리들이 나 있는 데까지 들려왔다.
밤 냄새, 땅과 소금의 냄새가 내 관자놀이를 식혀 주었

다. 이 잠든 여름의 경이로운 평화가 마음속에 조수처럼 밀려들었다. 그 순간, 밤의 경계선을 타고 사이렌 소리가 요란하게 울려 퍼졌다. 그 소리는 이제 나와는 영원히 무관한 세상을 향해 출발을 고하고 있었다. 나는 아주 오랜만에 처음으로 엄마 생각을 했다. 엄마가 어째서 인생의 끝에 다다라 〈약혼자〉를 갖게 되었는지, 그리하여 어째서 다시 모든 걸 시작하는 듯한 장난을 받아들였는지 알 것 같은 느낌이었다. 거기서도, 그러니까 이제 차츰차츰 생들이 꺼져 가는 그 양로원 주변에서마저도 역시 저녁은 애수 어린 휴식의 시간 같았지. 그처럼 죽음에 가까이 이르러서 엄마는 자신이 자유롭게 해방되어 있으며, 따라서 다시 모든 것을 살 준비가 되어 있다고 느꼈음이 틀림없다. 그렇다면 아무에게도, 진정 아무에게도 엄마에 관해 울 권리가 없다. 그리고 나는, 나 또한 엄마와 마찬가지로 모든 것을 다시 살 준비가 되어 있음을 느꼈다. 좀 전의 거대한 분노가 내 속의 악덕을 씻어 내고 희망을 비워 낸 것이기라도 하듯, 나는 기호들과 별들로 가득한 밤 앞에 서서 처음으로 세상의 애정 어린 무심함을 향해 나 자신을 열었다. 세상이 그처럼 나와 닮았다는 것을, 요컨대 그토록 형제 같다는 것을 실감하면서 나는 내가 행복했으며 지금도 여전히 행복하다는 것을 깨달았다. 이 모든 것이 완벽하게 마무리되길. 나 자신이 혼자라는 걸 보다 덜 느낄 수 있길. 그렇게 되기 위해 나의 처형일에 수많은 구경꾼들이 모여 증오의 함성으로 나를 맞기를 희망하는 것만이 이제 내게 남은 일이었다.

## 정직함, 또는 죽기로 하는 것

 

알베르 카뮈는 대략 1939년에서 1941년 사이에 『이방인*L'étranger*』을 썼다. 물론 그 이전에 긴 시간들이 자료 수집과 주제의 구상, 습작에 바쳐졌고 거슬러 올라가면 그보다 더 깊고 아득한 시간들, 곧 작가 자신의 유년의 기억이나 자전적 요소들(가난, 극도로 말이 없던 어머니, 일찍 죽어 부재했던 아버지, 알제리의 빛나는 자연과 알제 서민가의 일상 등)이 작품의 뿌리에 내밀하게 엉기어 있다. 책은 1942년 갈리마르 출판사를 통해 나왔다. 그보다 앞선 시기에 카뮈가 글을 쓰지 않았던 것은 아니다. 죽음, 자유, 반항, 행복, 부조리 등 자신의 〈내면 깊은 곳에 간직되어 평생 그의 존재와 그가 말하는 것에 양분을 대줄 원천〉(『안과 겉*L'envers et l'endroit*』의 1958년판 작가 서문)으로부터 흘러나오는 몇 가지 주제들을 중심으로 이미 여러 갈래의 창작을 시도했거나 하고 있었으니까. 그러나 그것은 어디까지나 알제리에서 자라나고 거주하는 무명의 젊은 에세이스트나 기고가로서였고, 『이방인』은 그가 그 근원적인 생각들을 소설 형식으로 꾸려 출판한 최초의 작품이자 본국 프랑스로 하여금 그의 이름을 알게 한 신호탄이다. 카뮈에게 깊은 영향과 영감을 주었던 앙드레 말로 자신이 탈고된 원고를 받아 읽고 그것이 앞으로 오랜 시간 살아남을 작품임을 알아보았더랬다. 투명하고 단순한 듯하지만 바로 그 투명 단순함 때문에 좀처럼 제거되지 않는 의문 부호같이 깎이어 나온 이 소설을 두고 카뮈는, 〈어머니의 장례식에서 울지 않았기 때문에 사형에 처해지는 위험을 겪게 된〉 어떤 젊은이가 술책을 쓰기를 거부하고 끝까지 자기 자신으로 남음으로써 결국 죽음에 이르는 이야기라고 간략하게 요약했다(『이방인』의 1958년 미대학판 작가 서문). 그 간결함 자체가 이미 문제의 애매성을 반증한다. 어머니의 장례식에서 울지 않았기 때문에 사형에 처한다는 것은 한편으론 터무니없지만, 다른 한편으론, 작가가 짐짓 생략한 어떤 근거들, 다시 말해 사회의 가치 규범이나 인습의 공고함에 의해 조명되면 당연해지기 때문이다. 그리고 이처럼 어떤 문제가 터무니없음과 당연성을 함께 가지고 있을 때 그것은 말 그대로 더할 나위 없는 터무니없음이 된다.

『이방인』처럼 이제까지 숱하게 번역되고 읽혀 왔으며

대학 수업의 교재로 꾸준히 채택되는 고전 텍스트의 또다른 우리말본을 만들고 해설을 덧붙일 때는 다소 모순적인 고충이 뒤따른다. 앞서 나온 판본들뿐만 아니라 그간 축적되어 온 관련 연구와 분석 자료들이 작품에 대해 남긴 많은 말들을 번역자는 염두에 두지 않을 수 없다. 심지어 그것들을 제대로 알고 있어야 한다는 게 어느 정도는 의무이기조차 하다. 반대로, 그 모든 참조물들과 선행된 연구물들, 혹은 자기 자신이 이미 가지고 있는 얼마간의 지식이나 최초의 인상에도 불구하고, 텍스트를 마치 처음 대하는 것처럼 새롭고 무방비적인 시선으로 읽는 일 또한 그에 못지 않게 중요한 것이다. 더구나 작품과 관련된 자료, 분석, 소논문은 참 무성하기도 하다. 많음. 〈많은〉 것들을 보면 그것들의 유용함과 별개로 시끄러움을 느낀다. 카뮈라면 자신의 화자로 하여금 결국 그런 것들 앞에 지루함을 느꼈다고 말하게 했으려나. 그냥 여기서부터 생각해 보자. 행복감이나 충만감과 달리 지루함이라는 것은 나와 세계, 혹은 나와 무수한 타인들 간의 어긋남이 감지되면서 그 어긋난 틈새로부터 퍼져 확산되는 기분, 또는 의식이 곧장 시간과 관계 맺으면서 그것을 느끼고 견디는 본연의 방식이다. 공백의 감각. 여백으로 밀려나 겉도는 기분, 남아돈다는 느낌을 가지면서 지루해진 인간은 대체로 회피하듯 졸음에 잠긴다. 이렇게 말하면서 우리는 자연스레 〈부조리〉에 다가가는 것인데……. 종종 자유 간접 화법 속에 들어가고 마는, 동의하거나 외면해야 하는데 동의할 수도 외면할 수도 없는 이 곤란한 시간과 관계. 하지만 어쨌든 그런 식으로 견뎌야 한다는 점에서 어떤 윤리적 결단을 예비하는 유예의 시간. 감옥에서 뫼르소는 생각해 본다. 〈그렇다. 출구는 없었다.〉 그러면? 의식 앞에 그 〈출구 없음〉이 전면적으로 마주 선다. 그리고 의식은 그때부터 깨어 있으려 할 것이다. 〈뫼르소는 보통 사람과 달리 자기 엄마가 죽은 날 아무런 슬픔도 느끼지 않았고, 밀크 커피를 마시고, 여자를 만나는데 이는 사회가 용인하지 않는 이상한 행동이네, 아니네……〉 하는 표피적인 규정에 매달리다 만다면 우리는 결코 바로 그 자리, 곧 출구 없음에서부터 출발하여 어떻게 할지를 모색하는 일이 작품의 주제고 카뮈의 주 관심사라는 것, 다시 말해 〈출발〉이 문제의 핵심이라는 점을 깜박 잊고 만 것이다. 카뮈는 『이방인』과 거의 같은 시기에 『시지프의 신화 *Le mythe de Sisyphe*』를 갈리마르사에 넘겼다. 이 에세이는 『이방인』을 이해하는 데 좋은 길잡이인데, 시지프야말로 언제나 출구는 없고 언제나 출발은 요구된다는 것을 생생하게 보여 주는 예가 아닌가. 생경한 것을 대하는 시선으로 『이방인』을 천천히 읽으며, 사소한 묘사들과 중요하달 수 있는 장면 사이에 무게의 경중을 두지 않은 채 그것들을 전면적으로 동등하게 겪어 가다 보면, 어느 결에 사람들과 풍경들을 바라보는 작중 화자 뫼르소의 근본적인 태도가 특별한 저항 없이 마음에 들어온다. 〈무관심〉이 어떻게 해서 차별과 선입견을 배제하며 세계를 향한 평등하고 〈무심한 애정〉으로 열리는 창이 될 수 있는지, 세계와의 어긋남에 대한 감각이 어떻게 해서 인식의 차원으로, 다시 결단의 순간으로 옮겨 가며 영원 앞에 자기 몫의 한계선을 오롯이 긋고 오직 그것만을 온몸으로 수긍하는 것인지(〈나는 내가 행복했으며 지금도 여전히 행복하다는 것을 깨달았다.〉), 그 과정을 따라갈까. 그 도정이 가능하도록 허락하는 것은, 작가 자신의 표현을 따르면, 〈정직성〉이다. 하긴 애초부터 그 출구 없는 상황을 야기하여 생을 죽음과 정면으로 마주하게 만든 것도 바로 그 정직성 또는 진실에 대한 충직함이었다. 그것이 우연을 운명으로, 우발적 동기에서 비롯된 동네 살인 사건이라는 흔하디흔한 일 중 하나를 희랍 비극에서 다룰 만한 인간 보편의 진실에 대한 성찰로 변모시킨다. 《『이방인』을 아무런 영웅적 자세를 취하지 않으면서 진실을 위해 죽음을 받아들이는 한 사내의 이야기라고 읽는다면 과히 틀리지 않은 셈이다(미대학판 서문).〉

과묵성은 정직성의 다른 얼굴이다. 훗날에야 사이가 멀어지지만, 카뮈의 첫 작품들을 읽을 당시 어떤 것보다도 적절하고 흥미로운, 카뮈 자신도 인정했던 해설을 내

놓은 사르트르는 이 작가의 문장들 행간에 스며들어 그 것들이 서로 연결되는 대신 각각의 〈섬〉이 되도록 만드 는 침묵의 언어에 주목했다. 실제로 카뮈는 스스로를 향 해 〈언제나 더 표현하기보다는 덜 표현하며 쓸 것〉이라 적은 바 있다(작가 수첩에 남긴 1938년 어느 날의 메모). 감정의 토로나 심리적 현실 묘사를 배제하며 영화적인 기술 기법을 구사한 일련의 미국 소설들(도스 파소스, 헤밍웨이의 하드보일드 문체)의 영향도 영향이지만, 여 기에는, 누구나 지적하듯이 고전적 에토스가 배어난다. 수사적 효과를 멀리하고 쓸데없이 자기 자신을 치장하 지 않는 문체. 바르트에 따르면, 투명한 0도를 겨냥하는 글쓰기. 고전주의 언어의 곡언법 *litote*이 그랬던 것처럼 단출한 도구성 이상의 것을 기획하지 않음으로써 오히 려 속도와 선연한 질감을 얻도록 조직되는 문장들. 감각 이 포착한 것을 관찰, 추론, 판단하는 의식의 과정으로 최대한 정직하게 전환하려는 언어는 그렇기에, 역설적으 로, 거짓말을 하지 않는다는 것이 얼마나 어려운 일인가 를 뚜렷하게 또 불가피하게 직감하지만, 웃기기도 하고 비극적이기도 한 이 극복 불가능한 괴리(부조리) 앞에서 〈틀리게 말하지 않기 위해〉 입을 다물지언정 발작을 일 으키거나 자멸하거나 표류하지는 않는다. 카뮈는 어쨌 든 환상 없는 긍정에서만 가능한 균형에 대해 이야기한 다. 〈영성이 도덕을 거부하고, 행복이 희망의 부재로부터 태어나며, 정신이 자신의 이성을 몸에서 발견하는 독특한 순간 (……) 무릇 진실이 그 안에 환멸을 담고 있는 게 사실이라 한다면 모든 부정이 긍정의 개화를 포함하고 있는 것 역시 사실이다(『결혼*Noces*』중「사막」의 한 구절).〉 카뮈의 앞에 이미 아르토나 블랑쇼, 바타유가 있고 불과 10년도 되지 않는 세월 안에 베케트나 로브그리예, 사로트 등이 확실하게 포진하기 시작하는 점과 그 작가들의 언어가 어떤 방식으로 모험을 겪는지를 잠깐 생각해 보면 새삼 놀랍기도 하다. 카뮈는, 떠오르는 대로 몇몇 이름을 열거하자면, 말로나 스탕달, 도스또예프스끼 등과 같은 〈사막〉에 머물며 형이상학적 고뇌와 반항이 현실과 현실 내에서의 인간의 행동을 인도하기를 바라는 것이다.

따라서, 뫼르소의 〈사형받아 마땅한〉 냉정함, 무뚝뚝함은 다른 각도에서 조망하면 그가 감각을 따라 파고들어 오는 현상과 인상, 움직임의 끊임없는 궤적들을 인식과 언어의 차원으로 바꾸는 공정의 긴장된 현재를 살고 있음을 증거한다. 그 현재는 의미와 판단을 추론의 결과물, 즉 과거로 정리해 두기 이전의 상태(감각은 계속된다는 한에서 언제나 〈이전〉일 수밖에 없는 상태)를 가리키는 동시에, 임박하는 미래를 향해 계속적으로 열리는 의식의 한없는 진행을 의미한다. 가령, 법정 장면에서 검사가 적의를 띠며 피고가 한 번이라도 자신의 범죄를 후회하는 걸 본 적이 있는가 하고 질타할 때 뫼르소가 하려다 포기한 말을 상기해 보자. 〈나는 그에게 우정 어린 태도로, 아니 거의 애정을 담아서, 그동안 내게는 그 어떤 것에 대해 진정으로 후회할 겨를이 전혀 없었다고 설명해 주고 싶었다. 오늘 어떤 일이 일어날지, 내일은 또 어떤 일이 닥칠지, 나는 항상 그 문제에 정신을 쏟고 있어야 했기 때문이라고……〉 그처럼 앞을 향해, 알지 못하는 바깥을 향해 〈정신을 쏟을 때〉 의식은, 모르고 겪는다. 개인의 자유와 즉각적인 감각이 주는 기쁨을 박탈당하고 유배되듯 〈판단〉에 내몰린 인간에게는 의례적인 표현과 표정을 갖출 겨를이 없는 것이다. 다만, 태양 같은 명료성과 가수의 상태 같은 모호성이 의식의 표리가 되어 긴장과 이완을 거듭하면서 마침내 자기 말을 하게 될 순간, 다시 말해 스스로의 무구성이 입증될 어떤 순간을 기다린다. 이런 식의 기다림은 앞으로 더 큰 도시로 나가 더 좋은 일자리에서 일할 수 있기를 고대한다거나 언젠가 부자가 되기를 바라면서 장래 계획을 세우는, 생의 통속적인 미래 설계와는 근본적으로 다르다. 그것은 심지어 항소를 해서 생명을 연장한다든가 신을 통한 구원을 갈구하려는, 보다 절실한 희원과도 갈라진다. 그렇다면, 그와 같은 기다림이 어떻게 죽음 이외의 것으로 열릴 수 있을까. 삶의 충동이 모여서 떠들며 살라 권유하는 그 너머로 죽음의 충동이 외따로 나와 침묵의 편, 그러니까

〈이방〉을 응시하라 하는데. 우리가 흔히 믿는 것과 달리, 졸고 있는 의식이 깨어나려 몸부림치는 것은 삶의 편에 대해서가 아니라 죽음의 편에 대해서다. 뫼르소가 레몽으로부터 총을 넘겨받는 순간 그 위로 자연스레 태양이 미끄러져 다가오듯이, 살려고 할 것인가라는 질문은 약 1년의 회상과 숙고를 거치면서 마침내 잠든 여름밤의 평화를 타고 죽음을, 그 터무니없음을 그대로 받아들이기로 한다는 답으로 옮겨 간다. 그러면 결론에 다다른 명료한 의식은 이제·절망도 희망도 없이 독방에 홀로 남아 저녁을, 그리고 그다음에 이어질 어쩌면 최후의 새벽을 맞이할 수 있다. 그 시간대는 언제나 대미로서의 〈전날〉, 다시 말해 겟세마네 동산의 그리스도가 머무는 죽음의 전날에 머물고, 멈춘다. 〈이 모든 것이 완벽하게 마무리되길〉, 그게 밤의 자연 앞에서 〈우리에게 어울리는 유일한 그리스도(미대학판 서문)〉 뫼르소가 남기는 마지막 말이다.

뫼르소의 그 마지막 말을 듣고 있자면 그 목소리 아닌 목소리가 과연 어디에서 울려오는 것인지, 시간의 구조가 비틀려 찢기며 인간의 얼굴이 풍경으로 들어가 사라지는 것을 목도한 듯한 기묘한 느낌이 든다. 그 말은, 아니 그때까지의 모든 전언은 사람의 편이 아니라 죽음의 편에서 들려오는, 죽음 자체의 목소리였나. 감각과 의식은 이미 제 현재를 바친 채 침묵에 들었고, 반대로 침묵 그 자체인 죽음이 텅 빈 자연으로서 말을 하는 것. 카뮈는 소설의 1부와 2부에 서로 대구를 이루는 두 개의 유사한 장면을 삽입해 놓았다. 1부에서 어머니가 죽고 집으로 돌아와 맞는 첫 일요일의 저녁, 뫼르소는 홀로 베란다에서 해가 지는 바깥 풍경과 하늘을 쳐다보다 지쳐 방으로 돌아오며 문득 거울에 비친 영상을 발견한다. 식탁과 빵 부스러기와 램프. 거기에 그 자신의 얼굴은 보이지 않는다. 카뮈는 그 공간에 엄마가 죽었고 일요일이 다 지나갔으며 달라진 것은 아무것도 없다는 생각만이 잠깐 스쳐 지나가게 한다. 2부의 감옥에서, 뫼르소는 철창을 향해 들어오는 저녁 해가 비추는 밥그릇의 반사광을 통해 자신의 얼굴을 바라본다. 하지만 그 얼굴은 너무나 낯설어서 이미 그 얼굴의 주인이 거기 없다는 사실을 확인시키는 것 같다. 그와 함께 뫼르소는 자신이 이제까지 혼자서 말을 하고 있었다는 사실을 깨닫는다. 얼굴 없는 말. 얼굴은 없고 자연의 풍경만 남는다. 살아 있는 인간의 편에 풍경은 언제나 대상이지만, 죽음은 목숨이 하나의 자리, 풍경이나 자연이 되게 한다. 카뮈의 미완작 『행복한 죽음La mort heureuse』의 메르소는 파트리스라는 이름을 지니지만, 『이방인』의 〈뫼르소Meursault〉는 이름조차도 아니었다(레몽은 이 이웃 친구를 부를 때 이 성을 별명처럼 사용한다). 그것은 개인의 표지가 아니라, 약간 가벼운 흥미를 불러일으키기 위해 사람들이 상기하곤 하듯이, 그냥 〈죽음〉과 〈태양〉의 결합체다. 신화가 인간들과 자연의 경계를 지워 그들을 나무로, 강으로, 숲으로 만들듯이 말이다. 그럴 때 화자의 목소리는 인간이 사라지며 기호와 별들로 가득 찬 밤하늘의 정경이 되어 버린 후의 하늘을 건너가는 무심한 바람, 또는 메아리로 들린다. 그걸 반짝거리는 사금파리 조각이나 저녁 거리의 등불을 받아 순간적으로 빛나는 가는 은팔찌 위로 스쳐 가는 바람, 또는 사소하고 쓸쓸한 일상의 얼굴에 잊을 수 없는 찰나의 서정성을 입히다 이내 사라지는 메아리라 해도 좋겠다.

번역을 위해 사용한 텍스트는 플레야드Pléiade판 『카뮈 전집 1Albert Camus. Œuvres complètes I』(2008)이다. 윗글에 인용된 카뮈의 글귀들 또한 같은 판본에 실린 원전에서 발췌, 우리말로 옮긴 것이다.

김예령

# 알베르 카뮈 연보

**1913년** 출생  11월 7일 몽도비에서 태어남. 증조부 클로드 카뮈 Claude Camus는 알제리가 식민지화된 1830년 직후 알제에서 남쪽으로 20여 킬로미터 떨어진 울레드파이예에 정착한 것으로 보임. 1885년 울레드파이예에서 태어난 알베르의 부친 뤼시엥 카뮈 Lucien Camus는 고아원에서 자랐으며, 이후 포도주 판매업체인 리콤 에 피스사 직원으로 일하다 1909년 카트린 생테스Catherine Sintès와 결혼, 알제 동쪽의 서민 지구인 벨쿠르에 자리 잡음.

**1914년** 1세  제1차 세계 대전 발발. 뤼시엥 카뮈는 징집되어 마른 전투에서 부상을 입고, 생브리외 군사 병원에서 사망함. 전쟁 발발 직전 몽도비를 떠나 친정 식구들과 함께 알제의 샹 드 마뇌브르 구역, 리옹 가 17번지로 거처를 옮겼던 카트린 카뮈는 과부가 된 후 생계를 위해 청소부로 일하기 시작함.

**1921년** 8세  카뮈 일가가 벨쿠르로 이사함. 집안을 권위적으로 다스린 사람은 알베르의 외조모 카트린 마리 생테스Catherine Marie Sintès(처녀적 성 카르도나Cardona)로, 카뮈는 『이방인L'étranger』의 등장인물 두 명의 이름에 그녀의 흔적을 남김. 알베르의 어머니 카트린은 말수가 극히 적었고, 그의 외삼촌 에티엔Étienne 역시 귀머거리에 거의 벙어리였으며 지능이 낮았음.

**1923년** 10세  구역의 공립 학교에서 루이 제르맹Louis Germain 선생의 눈에 띔. 루이 제르맹은 알베르가 장학금을 받을 수 있도록 무상으로 그의 학습을 도움. 카뮈는 1957년 노벨 문학상을 수상한 후 이 스승에게 기념 연설을 헌정함.

**1924~1928년** 11~15세  장학금을 받고 리세 입학. 가난에 눈뜨는 한편, 축구에 열중하기 시작함. 여름에 이런저런 잡일로 생계비를 벌었으며 그 가운데 선박 중계소에서 일한 경험은 훗날 『이방인』의 주인공 뫼르소의 직업에 투영됨.

**1929년** 16세  푸줏간 주인이자 장서가였던 이모부 귀스타브 아코 Gustave Acault를 통해 처음으로 앙드레 지드André Gide를 발견하게 되나 당시에는 큰 인상을 받지 못함.

**1930년** 17세  바칼로레아를 통과한 후 가을에 철학과 입학. 여기에서 자신의 인생에 커다란 영향력을 끼치게 될 철학 교수 장 그르니에Jean Grenier를 만남. 겨울에 최초로 결핵 발병. 축구를 더 이상 할 수 없게 됨.

**1931년** 18세  결핵 치료를 위해 아코의 집으로 잠시 거처를 옮김. 가을에 철학과로 되돌아가 학업 재개. 외조모 사망.

**1932년** 19세  『쉬드Sud』지에 「새로운 베를렌Un nouveau Verlaine」을 위시한 네 편의 글을 싣고 바칼로레아 후반부에 합격. 장 그르니에의 권유로 앙드레 드 리쇼André de Richaud의 소설을 읽고 큰 감명을 받음. 이 소설을 두고 자신이 잘 알고 있는 것, 다시 말해 〈어머니, 가난, 하늘가에 어리는 아름다운 저녁〉에 관해 이야기한 최초의 책이라 평함. 지드를 재평가하게 되고 프루스트Proust에게서 〈예술가의 초상〉 그 자체를 발견함. 10월 고등 사범 학교 문과 수험 준비반 1학년에 들어가 오랑 출신의 앙드레 벨라미슈André Bellamich와 클로드 드 프레맹빌Claude de Fréminville을 사귐.

**1933년** 20세  베리아라는 주인공이 등장하는 최초의 단편소설을 쓴 것으로 추정. 그러나 원고는 분실됨. 1월 30일 히틀러 권력 장악. 이후 암스테르담 플레이엘의 반(反)파시스트 운동에 가담. 장 그르니에의 에세이집 『섬*Les îles*』 출간. 1959년 이 에세이집의 재판 서문을 씀. 6월 작문에서 1등, 철학에서 2등을 차지하나 건강상의 이유로 고등 사범 학교 입학 시험 준비를 포기하고 10월부터 알제 문과 대학에서 학업을 잇게 됨. 12월 말로Malraux의 『인간 조건*La condition humaine*』이 공쿠르상 수상. 카뮈의 문학 세계에 말로의 작품 전체는 지대한 영향을 끼침.

**1934년** ²¹세  『알제에튀디앙*Alger-Étudiant*』지에 여러 편의 미술 전람회 평 기고. 다시 건강이 악화되어 두 번째 폐마저 감염됨. 6월 안과 의사의 딸이자 분방한 성격의 시몬 이에Simone Hié와 결혼. 그러나 둘의 관계는 얼마 가지 않아 급격히 나빠짐. 알제 대학에서 저명한 라틴 문학 교수이자 연극 애호가이고 지드의 친구인 자크 외르공Jacques Heurgon의 수업을 들음. 시몬에게 「멜뤼진의 책Le livre de Mélusine」과 「빈민가의 목소리Les voix du quartier pauvre」 헌정. 이중 후자는 나중에 『안과 겉*L'envers et l'endroit*』의 핵을 이루게 될 내용을 담고 있음.

**1935년** ²²세  『안과 겉』 집필 시작. 『작가 수첩*Carnets*』 기록 시작. 철학사 학위 취득. 알제에서 서쪽으로 약 68킬로미터 떨어진 티파사 여행. 『결혼*Noces*』의 첫 텍스트에서 이 고대 로마 유적지를 찬미함. 프레맹빌과 장 그르니에의 설득으로 공산당 입당. 가을에 친우들과 함께 〈노동극단〉 창단.

**1936년** ²³세  노동극단, 말로의 『경멸의 시대*Le temps du mépris*』를 각색, 상연. 샤를로 출판사를 통해 희곡 「아스투리아의 반란Révolte dans les Asturies」을 한정판으로 발간(상연에는 실패). 5월 「기독교적 형이상학 신 플라톤 철학. 플로티누스와 성 아우구스티누스Métaphysique chrétienne et néoplatonisme. Plotin et saint Augustin」라는 제목의 논문으로 철학 고등 교육 졸업증(D.E.S) 획득. 시몬과의 이혼을 결심하고 프라하와 이탈리아 여행. 11월 라디오알제 극단에 배우로 참여.

**1937년** 24세  알제 문화원에서 지중해의 신문화를 주제로 강연. 노동극단은 아이스킬로스Eschyle의 「사슬에 묶인 프로메테우스Prométhée enchaîné」, 뿌쉬낀Pushkin의 「돈 주앙Don Juan」 등을 공연. 『안과 겉』 출간, 장 그르니에에게 헌정. 8월 『행복한 죽음La mort heureuse』을 쓸 계획을 세움. 시디벨아베스의 선생 자리를 거절하고 공산당 탈당. 가을에 미래의 아내가 될 오랑 출신의 프랑신 포르Francine Faure를 처음으로 조우함. 노동극단은 레킵극단에 양도되는 한편, 카뮈는 12월 프레맹빌과 함께 카프르 출판사를 차림.

**1938년** 25세  『결혼』 완성. 「칼리굴라Caligula」와 관련된 구상 노트 집필. 이후 『이방인』에 들어가게 될 몇 개의 단장들 작성. 철학 에세이를 쓸 생각으로 니체Nietzsche와 키르케고르Kierkegaard를 읽는 한편 멜빌Melville의 소설을 접함. 레킵극단은 도스또예프스끼Dostoïevski의 『까라마조프 씨네 형제들Les frères Karamazov』을 무대에 올리며, 카뮈는 이반의 역할을 연기함. 9월 뮌헨 협정 체결. 10월 결핵으로 인해 공직에 복무하기 곤란하다는 의사의 소견서에 의거, 철학 교수 자격 시험에 응시할 수 없게 됨. 〈노동자 신문〉인 「알제 레퓌블리켕Alger républicain」의 편집장 파스칼 피아Pascal Pia와 알게 되고, 이 신문에 기자로 참여하여 서평을 정기적으로 올리게 됨. 사르트르Sartre의 『구토La nausée』에 관한 서평 작성: 〈소설이란 결코 철학을 이미지화하는 것이 아니다.〉 후일 『페스트La peste』라 명명하게 될 소설을 염두에 둔 최초의 노트 시작.

**1939년** 26세  「제밀라의 바람Vent à Djémila」 일부, 「알제에서의 여름L'été à Alger」 등 발표. 〈부조리에 관한 에세이〉 시도. 카프카Kafka에 대한 연구 완성. 이 시기에 말로와 처음으로 조우함. 사르트르의 『벽Le mur』에 관한 서평. 『오해Le malentendu』의 초벌 글 착수. 『결혼』 출간. 크리스티안 갈랭도Christiane Galindo에게 보낸 7월 25일 자 편지에 「칼리굴라」를 끝내고 『이방인』을 쓰기 시작했다고 밝힘. 전쟁 발발. 9월 영국과 프랑스가 독일에 전쟁 선포. 카뮈는 참전을 희망하나 건강상의 이유로 부적격 판정을 받음. 9월부터 「알제 레퓌블리켕」이 「스와르 레퓌블리켕Soir Républicain」으로 전환되고 카뮈는 후자에 알제리의 정의 구현 및 스페인의 공화주의자들을 지지하는 기사를 올림. 오랑 여행. 이후 『여름L'été』에 수록될 「미노타우르스 또는 오랑에서의 휴식Le minautaure ou La halte d'Oran」을 쓰기 시작.

**1940년** 27세 「스와르 레퓌블리켕」 폐간. 2월 오랑에 들렀다 3월 파리로 떠남. 파스칼 피아의 추천으로 『파리스와르Paris-Soir』지의 편집부 비서로 취직. 5월 『이방인』 탈고. 6월 독일군에 의한 파리 점령 직전 『파리스와르』 편집부와 함께 클레르몽페랑으로, 다시 리옹으로 피난. 11월 말 프랑신 포르가 리옹의 카뮈와 합류하고, 둘은 한달 후 리옹에서 파스칼 피아의 입회 하에 결혼함. 곧 『파리스와르』지에서 해고되고, 카뮈 부부는 오랑으로 돌아옴.

**1941년** 28세 프랑신은 보조 수학 교사로 취직되나 카뮈는 마땅한 일자리를 찾지 못하고 사립 교육 기관에서 강의를 하며 「칼리굴라」의 41년 판본을 작성함. 『시지프의 신화Le mythe de Sisyphe』 탈고. 4월 장 그르니에는 『이방인』의 첫 원고를 읽고 미온적인 평을 내놓음. 건강이 나빠진 카뮈는 알제로 감. 피아와 말로는 『이방인』에 대해 그르니에보다 훨씬 더 열광적인 반응을 보임. 그들과 장 폴랑 덕분에 소설은 『시지프의 신화』에 이어 갈리마르 출판사의 심사 위원회로 보내짐. 7월에 알제리, 특히 오랑에 장티푸스가 번지고 이 일은 『페스트』 구상에 부분적으로 영향을 줌. 11월 말로에게 『이방인』과 관련해 감사 편지를 보냄. 갈리마르 출판사는 이 작품을 출판하기로 결정함.

**1942년** 29세 여전히 오랑에서 『페스트』를 준비하며 멜빌, 스탕달 Stendhal, 발자크Balzac, 호메로스Homère, 그리고 플로베르Flaubert

의 서한집을 읽음. 〈반항에 관한 에세이〉 계획. 결핵 재발. 5월 『이방인』 출판. 요양하며 틈틈이 『오해』와 『페스트』의 전신인 「뷔드조비스Budejovice」, 「수인들Les prisonniers」(또는 「유배자들」)을 집필하며 프루스트와 스피노자를 읽음. 〈가난한 유년기〉와 같이, 훗날 『최초의 인간Le premier homme』에 들어갈 몇 개 주제에 대해 메모 시작. 10월 『시지프의 신화』 출간. 11월 모로코와 알제리에 연합군 상륙. 반격한 독일군이 본토의 남부 지역을 점령하는 바람에 알제리와 본국과의 연락이 두절되기에 이름. 이 때문에 카뮈는 개학을 앞서 알제리로 돌아갔던 아내 프랑신과 해방 전까지 만나지 못함. 12월 프랑시스 퐁주Francis Ponge와 사귀게 됨.

**1943년** 30세  아라공Aragon 및 엘자 트리올레Elsa Triolet와 조우. 사르트르 및 시몬 드 보부아르Simone de Beauvoir와의 만남. 7월 첫 번째 「독일인 친구에게 보내는 편지Lettre à un ami allemand」 작성. 9월 『오해』 탈고. 11월 갈리마르 출판사의 원고 심사 위원이 되며, 향후 4년간 그 일을 함. 두 번째 「독일인 친구에게 보내는 편지」 작성. 항독 지하 운동 단체 『콩바Combat』지에 참여 시작.

**1944년** 31세  세 번째 「독일인 친구에게 보내는 편지」 발표. 『오해』와 「칼리굴라」가 한 권으로 묶여 갈리마르 출판사에서 나옴. 6월 연합군 노르망디 해안 상륙. 8월 처음으로 『콩바』지가 지상으로 나오게 되고, 카뮈는 실명으로 작성한 최초의 기사 〈투쟁은 계속된다……〉를 실음. 이후 1945년 1월까지 이 신문에 기사를 올림. 한편 자신의 〈정신적 독립〉을 위해 폴랑의 뒤를 이어 국민 작가 위원회에서 탈퇴. 아내 프랑신과 합류.

**1945년** 32세  숙청의 필요성을 인정하며 정치적인 관점에서 모리아크François Mauriac와 대립하지만, 사형 제도에 반대하는 입장에 서서 로베르 브라지야크Robert Brasillach의 사면을 요구하는 탄원서에 서명함. 5월 『콩바』지에 알제리 사태와 관련된 여덟 편의 기사 기고. 8월 히로시마에 첫 번째 원자 폭탄 투하. 9월 카뮈 부부의 쌍둥이 자녀 카트린과 장Jean출생. 제라르 필립Gérard Philipe 을 주연으로 내세워『칼뤼귈라』상연. 갈리마르사 에스프아르 총 서를 담당하는 디렉터로 임명되는 한편,『독일인 친구에게 보내는 편지』를 출간. 11월『누벨 리테레르Nouvelles Littéraires』지와의 인 터뷰에서 실존주의 및 사르트르의 철학적 입장에 대한 자신의 견 해 차이 표명. 〈나는 실존주의자가 아닙니다.〉

**1946년** 33세 『콩바』지와 결별. 드골Charles De Gaulle 장군의 사 임. 3월 미국 방문. 뉴욕에서 클로드 레비스트로스Claude Lévi-Strauss와 만나고 여러 차례 강연회를 가짐. 8월 방데 지역에 머무 르며『페스트』탈고. 11월 르네 샤르René Char와 알게 되어 우정 을 나눔. 사르트르와는 관계가 점차 소원해짐. 12월 부조리와 반 항의 관계에 대한 성찰. 건강상의 이유로 가족과 함께 브리앙송에 체류.

**1947년** 34세 피아의 사퇴 이후『콩바』지의 운영을 맡게 되나, 이 신문이 특정 정당을 위한 신문이 되기를 반대하며 피아와 완전히 결별함. 기고를 통해 3월 마다가스카르에서 일어난 소요에 대한 억 압에 항의하는, 당시로서는 소수파에 속하는 입장을 표명함. 6월 잡지 경영에서 물러나기로 결심.『페스트』출간. 이 작품으로 최초 의 상업적 성공을 거둘 뿐만 아니라 비평가상을 수상함. 에마뉘엘 무니에Emmanuel Mounier가 주관하는 월간지『에스프리Esprit』 가 준비한 선언에 부르데Bourdet, 사르트르, 메를로퐁티 Merleau-Ponty 등과 동참하여, 미국 및 소련에 대해 프랑스가 독립적 입장 을 취할 것을 호소. 그러나 메를로퐁티와는 관계 단절.

**1948년** 35세 『리베라시옹Libération』지의 주간 에마뉘엘 다스티에 드 라 비주리Emmanuel d'Astier de La Vigerie와 최초의 논쟁 시 작. 드 라 비주리는 카뮈의 입장을 〈도덕적〉이라 비꼼. 10월『계엄령 L'état de siège』상연. 하지만 결과는 완전히 실패. 12월 〈정복자적인 이데올로기보다 국제적 민주주의의 느린 길을 택하는 것이 낫다〉라는 견해를 밝힌 논설 「선택의 곤혹스러움L'embarras du choix」 발표. 혁명적 민주주의 연합(R.D.R.)이 주관한 모임에서 「예술가는 자유의 증인이다L'artiste est le témoin de la liberté」 발표.

**1949년** 36세   그리스 지식인들의 구명을 위한 호소문에 서명. 6월 남미 각국에서 강연. 한쪽 폐의 건강이 급격히 나빠져 두 달간의 요양에 들어감. 희곡 「정의의 사람들Les justes」 탈고, 12월 상연. 결과는 〈절반의 성공〉.

**1950년** 37세   연초부터 건강 조금씩 회복. 6월 갈리마르사를 통해 『시사 평론 1Actuelles I』(1944~1948) 출간, 르네 샤르에게 헌정.

**1951년** 38세   2월 지드의 죽음. 10월 『카이에 뒤 쉬드Cahiers du Sud』에 실렸던 「로트레아몽과 진부성Lautréamont et la banalité」 에 대한 브르통의 분노 어린 반응에 답변. 『반항의 인간L'homme révolté』 출간.

**1952년** 39세   「자라나는 돌La pierre qui pousse」 집필. 『반항의 인간』을 둘러싼 논쟁을 계기로 사르트르와 완전히 결별. 사르트르 가 이끄는 『현대Les temps modernes』지뿐만 아니라 우파 또는 극 우파 계열의 잡지들로부터도 공격을 받게 됨. 11월 스페인을 받아 들인 유네스코로부터 탈퇴하고 12월 『반항의 인간』에 설파된 입장 을 설명, 옹호하는 글 발표. 혼자서 알제리를 여행하고 『적지와 왕 국L'exil et le Royaume』을 구상함.

**1953년** 40세   1월 알제리에서 돌아와 「티파사로 돌아오다Retour à Tipasa」를 씀. 6월 『시사 평론 2』(1948~1953) 발간. 7월 북아프 리카 출신 시위자들에 가해진 탄압에 항의. 10월부터 프랑신 카뮈 가 심각한 우울증 증세를 보임. 11월 『최초의 인간』 초안 구상.

**1954년** 41세   상태가 한층 더 악화된 프랑신이 생망데의 요양원 에 입원함. 「가장 가까운 바다La mer la plus proche」, 「간음한 여 인La femme adultère」 발표. 『여름』 출간. 10월 네덜란드를 여행하며 이후『전락*La chute*』에 포함될 몇몇 단락을 구상.

**1955년** ⁴²세  2월 알제리 방문, 벨쿠르의 기억을 회상. 4월 그리스 여행. 알제리 문제와 관련된 일련의 기고문들을『렉스프레스*L'Express*』지에 발표. 플레이아드 판본으로 제작된 로제 마르탱 뒤 가르Roger Martin du Gard의 작품 총서가 카뮈의 서문과 함께 발간됨.

**1956년** ⁴³세  알제리와 관련된 견해 차이로 인해『렉스프레스』지에서 사임. 5월『전락』출간. 6월「혼란스러운 정신Un esprit confus」발표. 11월 소련군의 부다페스트 침공을 계기로『프랑티뢰르*Franc-Tireur*』지에 헝가리인들을 위해 유럽 지식인들이 공동의 행위를 개시할 것을 촉구하는 글 기고.

**1957년** ⁴⁴세  3월『적지와 왕국』출간. 가을에『사형에 관한 성찰*Réflexions sur la peine capitale*』출간. 10월〈오늘날 인간의 의식에 제기되는 제반 문제들을 조명한 작품 전체에 대한〉노벨 문학상이 주어짐. 이와 관련〈내게 일어난, 하지만 내가 요청한 바 없는 이 모든 일이 몸서리쳐진다. 또한 온갖 공격에 대처하자니, 그것들의 저열함에 심장이 조여들 정도다〉라고 메모함. 12월 수상을 위해 프랑신과 함께 스톡홀름으로 출발. 기념 컨퍼런스에서「예술가와 그의 시대L'artiste et son temps」발표. 12월부터 이듬해 초까지 심각한 불안 증세를 겪음.

**1958년** ⁴⁵세  1월 노벨상 수상 기념 연설과 컨퍼런스의 내용을 한데 묶은『스웨덴 연설*Discours de Suède*』발간. 3~4월 알제리 여행. 5월 알제에서 일어난 대규모 시위로 인해 드골 장군 복귀. 6월『시사 평론 3. 알제리 연대기』를 펴내나 적대적이거나 냉담한 반응을 받음. 마리아 카자레스Maria Casarès, 미셸 갈리마르Michel Gallimard 부부와 함께 그리스 여행. 프랑스령 알제리를 지지할 것을 요구하는 사람들과 독립을 주장하는 무리 둘 다로부터 거리를 두면서, 알제리를 구성하는 두 공동체 간의 연방제 수립이 알제리 문제의 해결책으로 제시되기를 희망함. 8월 로제 마르탱 뒤 가르 별세. 12월 드골 장군이 공화국의 대통령으로 선출됨.

**1959년** ⁴⁶세 1월 도스또예프스끼의 『악령 *Les possédés*』을 희곡으로 각색, 직접 연출하여 무대에 올림. 3월 어머니의 수술을 계기로 알제에 들르고, 겸해서 아버지의 출생지 울레드파이예에 감. 한 해 내내 『최초의 인간』 집필에 열중. 9월 드골 대통령, 알제리 주민들에게 자율 결정권을 위임한다는 내용의 성명 발표. 『악령』의 국내외 순회 공연. 12월 엑상프로방스에서 외국 학생들과 대담. 이 자리에서 〈당신은 좌파 지식인인가〉라는 질문에 〈내가 지식인인 줄은 모르겠지만, 그러나 그 나머지에 대해서 말하자면, 내가 원하든 원하지 않든, 또 좌파가 원하든 않든 간에, 나는 좌파에 찬동한다〉라고 답함.

**1960년** ⁴⁷세 1월 4일 미셸 갈리마르의 차로 루르마랭의 자택에서 파리로 오는 길에 욘 지방의 몽트로 부근에서 자동차 사고 발생하여 즉사함. 미셸 갈리마르는 닷새 후 사망. 9월 모친 카트린 카뮈, 벨쿠르의 자택에서 임종.

**열린책들 세계문학 172** 이방인

**옮긴이 김예령** 서울대학교 불어불문학과 및 동 대학원을 졸업하고 파리 7대학에서 루이페르디낭 셀린 연구로 박사 학위를 받았다. 강의와 번역을 병행하며 『숭고에 대하여 ─ 경계의 미학, 미학의 경계』, 『아귀』, 『육체의 악마』, 『조커, 학교 가기 싫을 때 쓰는 카드』, 『사뮈엘 베케트의 말 없는 삶』 등 다수의 이론서와 소설, 어린이 책을 우리말로 옮겼다.

**지은이** 알베르 카뮈 **옮긴이** 김예령 **발행인** 홍예빈
**발행처** 주식회사 열린책들 **주소** 경기도 파주시 문발로 253 파주출판도시
**전화** 031-955-4000 **팩스** 031-955-4004
**홈페이지** www.openbooks.co.kr **이메일** literature@openbooks.co.kr
Copyright (C) 주식회사 열린책들, 2011, *Printed in Korea.*
**ISBN** 978-89-329-1172-4 04860 **ISBN** 978-89-329-1499-2 (세트)
**발행일** 2011년 5월 15일 세계문학판 1쇄 2025년 2월 25일 세계문학판 22쇄

이 도서의 국립중앙도서관 출판예정도서목록(CIP)은 서지정보유통지원시스템 홈페이지(http://seoji.nl.go.kr)와 국가자료공동목록시스템(http://www.nl.go.kr/kolisnet)에서 이용하실 수 있습니다.(CIP제어번호: CIP2011001793)

# 열린책들 세계문학
## Open Books World Literature